大話山海經

—— 火之音 ——

郭 箏

目次

《大話山海經：火之音》的另類讀法

李豐楙

或許因為我曾為《山海經圖鑑》擔任編審與導讀，因此遠流出版詢問我是否能撰文推薦郭箏大俠的《大話山海經》系列。我想這種新編小說應該和港式的《大話西遊記》一樣，都在後現代主義的氛圍中，重讀／重寫《山海經》這部語怪之祖。一讀小說，才發現「大話」之下別有用心，前四部的推薦文都很酷，自身既為學界／宗教中人而習癖難改，就可援導讀「古典」之例來面對「今作」。

郭大俠對這部古典的條列式記事，用心苦思，竟貫串為七部大作，讀者要怎樣才能進入？通關密碼就藏在書前跋後，已備妥金針要送給有緣人。其中最少有三大祕訣：一為巴爾札克小說式的寫法，前四部中崔吹風與音兒雖出場，卻是配角，此部則雙雙躍升為男女主角，並漸次揭露兩人的神祕身分，由隱而顯，小火慢燒，終於演成一場「轟轟烈烈」的愛情喜劇。其次是小說場景的時空座標，自道屬「空拍機」手法，先將時空定位：北宋眞宗大中祥符二年（一○○九），即是歷史上有名的崇道帝王，小

說中安排括倉山玉虛宮出身的小莫／墨道士，竟一再累增了多國國師的身分，而高僧之流則較少出場，即契合史實；二則空間的選擇，遠離中原的洛陽都城，漸行漸遠，直到大宋南方邊界諸國，以及西極的崑崙山，使一干角色有足夠的奔波空間。第三則是神話元素的運用，在《山海經》的創世神話中選擇了兩組：火與水、祝融與共工，從開場的火之音／音之火，歷經波折後才悟出對音與火的掌握，才能與水平衡相剋的關係。結局就彰顯在兩個目標上：「水中夾火」與「水火同床」。相較於前四部，《火之音》結構相對完整，可由此切入導讀。

首先針對空間的翻轉乾坤，大中祥符年間的歷史大事，原在北方犯邊的遼、金，《火之音》則將場景移到南方邊境，大宋（北方）所交界、對峙的，是大瞿越（南方）、大理（西邊）與儂氏（東邊），將四國具體化就是四江口，在淫婆介入導致江河劇變後，方有機會讓神祕的「息壤」派上用場。其次就是安排一場祭天儀式，真宗為了掩飾遼宋之和的屈辱，既創造天書，也將趙氏的聖祖／母提升到六御之位，和玉皇上帝同享祭拜之尊，小說則簡化為唯一天帝，並借祭天，讓崔吹風因失儀而被流配，而後引出許多故事，原先藏在天上的息壤，也被移到崑崙山以便取得，這構想自第一部即已如此。其次是不可或缺的西王母，原來職掌司天之屬，六朝時在漢武系列中又經改造，

六

仙山所種的仙桃與母養女子，在小說中改寫爲先收櫻桃妖爲乾女兒，而後想將此桃種在崑崙山上，其實也符合大母神的神話原型。

郭大俠在「大話」下最大的翻轉，仍然是在俠道／盜世界。《大話山海經》雖被目爲「混種小說」，基本上仍屬武俠小說，關鍵在如何方能勝出？面對歷來名家輩出各擅勝場，該如何混／拼，才能成爲後現代主義的典範？郭大俠既躍身武林，難免也有互文性，唯如何別出心裁才能與之爭鋒？在這樣的影響焦慮下，構想出拼裝《山海經》的新寫法，這樣的翻轉能否成功，關鍵就在如何拼貼／接。虛構這樣的俠盜／道世界，盜亦有道，就在正邪之間如何處理得宜。由此即可提供一種另類讀法。

原本《山海經》之祕就在潛藏的「常與非常」筆法，「常」指尋常的動植飛潛，相對的人與物則屬「非常」，《搜神記》作者干寶所總結的就是「怪異非常」。武俠小說原即是講究「奇」的文體，何況有意融山海世界於一體。如《顫抖神箭》中奇肱國任天翔介紹飛車：「太平興國五年生產的『野鷹一九七型』」、增強記憶力的櫔木、軒轅之丘的丹砂、雄黃，乃至特殊的國度、重點的人物，無一非屬「非常」之物。怪異出身的或正或邪，主要在增強正邪雙方的戰力。第五公子俞斂至縱使優雅，最後也變成奇形怪物；而幫兇相柳則從外形到本性，始終不脫非常的兇狠本相。這種「非常化」又集中於名刀名劍、神功祕箭，就像「倚天屠龍」的金庸效應，武俠系譜中的名器崇

拜始終不衰。本書既命名《火之音》，反／返讀就是「音之火」，乃將祝融生長琴加

以名器化，而寫成一部名琴／人迫尋錄，關鍵就在非常化、神器化，武俠系譜中亦不

乏琴棋，本書則在揭曉名琴／手的顯赫出身，因有《山海經》加持，乃能從名琴中勝

出，此即神異化、非常化的明證，不過這樣的讀法仍是表相。

作家在創作中所提供的，既有表相／外在之相，也有本相／內在之相。在文學批評中

這種例子所在多有，被大話的《西遊記》即是如此。故郭大俠所提供的可視為一種「觸

媒」：武俠敘事、神話元素，而觸媒效應就在如何觸發，其深淺端視讀

者而定。關鍵在崔吹風＋名琴即形成琴道，在敘述中與時俱進，從「重金屬搖滾樂」

的火氣齊發，修煉到能控制自如，才彰顯火琴使用之妙。小說對音兒所使的配樂功夫，

乃至「水漫天」的祖傳祕技，是否也與時俱進則著墨較少。如是緊扣男女主角可謂第

一層讀法，全書難免時有岔出，乃編劇家的寫作風格所致，唯其前後則有一致性。

唯火與水如何作為媒介物？其觸媒效應為何關聯人性？就在內在的「解冤」之道，也

就是從水火「無」情到水火「有」情。所謂情，非僅指小倆口，音兒肩負祕密任務，

卻因迷上音／火而愛及發動者崔吹風。問題隱藏在故事鋪陳的，萬年宿仇所成的冤、

怨之結，如何才能化解？祝融與共工之間的恩怨情仇，現今已被重新考掘、論述，為

民族之間的一種觸媒。其次則是深沉的神話思維：五行中的火與水，在生剋哲學中既

為相制之物，如何方能轉為相生？這種抽象性的理念，透過小說敘述加以形象化，而後具有多義性。從歷史層面詮釋，兩個對立的部落、家族因戰爭而結冤、積怨，如何才能化解？從屈原提出心之「冤結」到道教的「解冤釋結」，這樣的宗教智慧就是相信：冤、怨、恨若不解釋、解除，此結會愈來愈糾纏。而化解之道就是昏／婚禮之義：結二姓之好而後龍鳳呈祥。崔吹風與音兒至此即被典型化，因音而解／相互理解，其背後龐大的歷史陰影，祝融與共工才能放下萬年冤、恨。小倆口間的遇合以水火關係為喻，在文學趣味上是否寓有弦外之音，若不是過度詮釋，至少也提供了另一種讀法吧。

‧李豐楙：曾任政大講座教授暨宗教所教授、中研院文哲所合聘研究員、中國古典文學學會理事與臺灣宗教學會理事。現為政大名譽講座教授。研究領域以古典文學、道教文學、道教文化、華人宗教、身體文化為主。著有《從聖教到道教：馬華社會的節俗、信仰與文化》、《土地神信仰的跨國比較研究：歷史、族群、節慶與文化遺產》、《文學、文化與世變》、《山海經：神話的故鄉》等；編審《山海經圖鑑》等。

神與妖的人間喜劇

《山海經》，知道的人多，讀過的人少。

如今只要是有點神話色彩的故事，都會被冠上「出自《山海經》」。

嫦娥、盤古、青龍、白虎等等等等，一大堆並不出自於《山海經》的野孩子在臺上搔首弄姿；至於那三、四百個親生兒女，武羅、帝江、長乘、勃皇等等等等，反而被人遺忘了。

那些被遺忘的嫡子落難於何方？

一向喜歡收留各路神明的道教，只收留了女媧、祝融、后羿，以及經過整容變造的西王母。

其他的呢？為何沒進收容所？

他們在商、周時代應該是被人廣泛崇拜過的，否則不會留下歷史紀錄。

他們的消失是個謎，好像還沒有人能夠找到答案。

我寫《大話山海經》，非關學術，也無意替崑崙眾神翻案，只是小說。

這一系列小說用的是比較少見的方式，不屬於《哈利波特》、《三劍客》的大河連續式，也不屬於「福爾摩斯」、「楚留香」的單元連續式。

我用的是類似巴爾札克的《人間喜劇》式。

整套小說分成七冊，每一冊都是獨立的故事，主角、配角都不一樣，但他們都會在各冊之中穿梭來去，沒有「領銜主演」、「客串演出」之分。A是第一冊的主角，在第二、三、四冊可能變成了配角；一、二、三、四冊中無足輕重的小配角，讀者卻赫然發現他是第五冊的主角，如此或更像真實人生，小配角終有一天會成為大主角。

我希望讀者不要被出版的先後次序所迷惑，因為各個故事互不干犯，順著看是一種感受，跳著看或倒著看可能會是另外一種感受。

能讓大家獲得一些新的閱讀經驗，就算完成了我小小的心願。

主要角色簡介

崔吹風

天下第一樂師。英俊且性情溫和，樂音如金鐵交鳴，似大火燃燒、大地震盪。後經太常寺少卿顧寒袖引薦，進太樂署，成爲史上最年輕的太樂伎。

音兒

進財大酒樓洗碗房領班。模樣可愛，有一雙瞇瞇眼與兩顆小虎牙。聲音悅耳，但一開口就沒完沒了，渾若風中不停打轉的響鈴。

項宗羽

本名項財旺，乃項羽後代。外貌溫文，實是打遍天下無敵手的「劍王之王」，持湛盧劍。項家莊慘遭滅門後，以追殺惡賊爲職志，後因在貢院殺人而遭罪。

莫奈何

個性憨厚傻氣的小道士。鍾情於梅如是。曾與櫻桃妖等人征妖除魔。後陰錯陽差接連受封夏國、大遼、高麗、大宋、于闐五國國師，身擁大夏龍雀刀。

梅如是

當今世上唯一女性鑄劍師。外表柔美，性情堅韌。並爲軍器監的劍作大將。自小與表哥顧寒袖訂有婚約。對兵器瞭如指掌，被視爲莫邪再世。

顧寒袖

江南著名才子。去年赴試意外落第。曾出賣靈魂給惡魔，經崑崙之丘一役才重回人類氣息形貌。後因加開恩科，以時務策高掛金榜，獲晉用爲太常寺少卿。

櫻桃妖　七千年道行。本相是身長六寸的小紅人兒，可以化爲小丫頭、少婦與粗壯大娘三種人形。覬覦莫奈何童男元陽，一人一妖因朝夕相處而心生微妙情感。

俞餕至　白冠白袍白履，面如白玉，人稱「第五公子」。爲神農氏後裔。然左眼是個大洞，可經由透明顱骨看見腦漿。意圖獨霸天下的陰謀日漸敗露。

祝融　崑崙山神祇，爲守護南方的火神。獸身人面，駕騎二龍。

共工　水神，脾氣暴躁。遠古時代曾被祝融打敗，視爲恥辱而結下難解世仇。

須盡歡　後在安南輔佐建立李朝，國號「大瞿越」。意圖一統天下。有「天下第一富豪」之稱。貌似尋常，實另具身分，別有心機。

程宗咬　本名程財興，先祖是唐初程咬金。從小稟賦愚鈍，後無師自通。手提一根爛木棍，人稱「劍怪」。

武羅　崑崙山神祇，黃牙零落，身軀矮小。鬚髮花白，渾身豹紋，戴兩隻金耳環，有著纖細的聲音與腰肢。

長乘　崑崙山神祇，長了一條不斷晃擺的狗尾巴，曾下凡荒唐遊歷。

帝江　崑崙山神祇，有六隻腳與四隻翅膀，身體圓滾滾，愛唱歌跳舞。

崔吹風五指輪撥琴弦，一陣重金屬搖滾樂聲流瀉而出，酒女們都跟著搖擺如柳。

他什麼樂器都會，彈琴、吹簫、敲擊細腰鼓，都能發出震盪人心的節奏……

寒冬凜冽，風如刀割。「開封府」的「進財大酒樓」內卻熱氣蒸騰，人聲喧譁；酒客穿梭來去，酒客划拳暢飲。

忽然，一名酒女從大門外衝入，興奮高叫：「崔吹風來了！崔吹風來了！」

老顧客馬上站起來鼓掌歡迎，新顧客則不解其故，竊竊私語：「吹吹風是誰啊？還嫌外頭不夠冷嗎？」

另一名酒女嘲笑他們的無知：「你們是外地來的吧？連『天下第一樂師』都不知道？等著看吧！」

天下第一樂師

年少英俊的崔吹風穿著冬衣，瀟灑的進入酒樓。

大廳正前方有一座長臺，酒女們動作迅速的把許多樂器擺上臺面。「崔公子，請上臺！」

崔吹風站到長臺後方，脫下皮袍，所有的酒女與老顧客都做出叫大家安靜的手勢。今日滿懷心事的崔吹風有些發怔。「要演奏什麼曲目呢？」腦中一片空白。

愛樂洗碗工

廚房內忙碌異常。

洗碗房的領班音兒聽見崔吹風來了，顧不得洗碗，拔腿就往外跑。

洗碗工都嚷嚷：「領班，妳又要發瘋啦？」

大廳內仍然一片寂靜，崔吹風仍在低頭沉思。

音兒莽莽撞撞的跑進來，隨手從跑堂領班張小袞的手裡搶過一塊抹布，「咯吱咯吱」的擦了擦臉，又不小心踢倒了一把椅子，桌椅連環碰撞，發出一串聲響。

大家都責怪的瞪向音兒，崔吹風卻因為這一連串的聲音有了靈感，拿起琵琶：「今天很冷，來點熱的好不好？」

酒女、顧客齊聲大叫：「好！」

崔吹風五指輪撥琴弦，一陣重金屬搖滾樂聲流瀉而出，酒女們都跟著搖擺如柳。

崔吹風什麼樂器都會，一下彈琴、一下吹簫、一下敲擊細腰鼓，都能發出震盪人心的節奏。

紅牌酒女春荷當先站到臺前空地上邊唱邊跳，所有的酒女便都跟著她一起高唱歡跳，酒客們也一個一個的加入搖擺；二樓包廂裡的酒女、酒客也全都聚集在欄杆邊上，隨著音樂舞動。

酒樓外經過一隊巡城的兵士，他們的步伐也隨著音樂節拍，搖擺前行。

崔吹風演奏正酣，旁邊忽地傳來另一種類似鐘磬的聲音，若合符節。他偏頭一看，竟是音兒把一堆碗放在面前，裡面裝著不同高度的水，排列成音階，然後用筷子敲擊，發出輕脆的樂音。

崔吹風頗覺意外的盯了她一眼，招手請她過來。

音兒跑到臺前，隨手拿起一支笛子，順著樂曲節奏吹出恰到好處的配音。

「這個小丫頭是誰？可真厲害。」崔吹風邊自心想，彈奏得更起勁兒了。

一朝飛上枝頭，卻是夢

一曲既罷，眾人瘋狂喝彩。

春荷高聲道：「大家聽著，崔公子明天就要去『太樂署』報到了，他可是史上最年輕的太樂伎！」

大家又熱烈拍手，崔吹風則苦笑著嘆了口氣：「唉，聽說那活兒可無聊了。」

一名老顧客粗著嗓門道：「邢大掌櫃，這就是你的不對了！」

進財大酒樓的大掌櫃名叫邢進財，他正坐在櫃臺內撥打他的金算盤，聞言不悅抬頭：

「又干我什麼事？」

那老顧客道：「崔公子家境清寒，你若肯支付他高薪，他又何必去太樂署討生活？」

大家都知道邢進財是個慳吝鬼，崔吹風雖是酒樓的活招牌，他卻不肯花大錢供應他的生活。

崔吹風忙道：「這跟邢掌櫃與什麼生活費無關，是新任的『太常寺』少卿堅持要我加入太樂署。」

大家都道：「那你回絕了他，也就是了。」

邢進財笑道：「新任的少卿可是新科狀元顧寒袖，他親自來請，怎能回絕？」

大家一聽，也就不說話了。

今年九月加開恩科，江南第一才子顧寒袖以一篇「從一碗紅豆湯談起」的時務策，獲得皇帝趙恆的讚賞，高掛金榜之首，並立刻晉用為太常寺少卿。

顧寒袖一方面跟崔吹風是舊識，與邢進財也勉強算得上是曾經併肩作戰的戰友，所以他親自出馬，當然只有應允的分兒。

春荷忙道：「沒關係，崔公子以後還是會常來我們這裡演奏的，對吧？」

酒女、酒客都道：「一定天天都要來哦。」

崔吹風不抱希望的一聳肩，敷衍著：「還不曉得太樂署的規矩是什麼？能來就來唄。」

輕嘆一聲，又道：「最後再來一曲〈一朝飛上枝頭，卻是夢〉。」

崔吹風的音樂從來就沒有這麼無聊過，大家都聽出了他胸中的無奈，俱皆搖頭嘆氣；音兒更是心弦緊抽，眼角垂淚，也無法替他伴奏了。

最佳知音

崔吹風在酒女們殷勤相送之下，走出酒樓大門。

寒風吹得他縮起脖子，走沒多遠，就見音兒追了過來：「崔公子……崔公子……」追到面前，倒頭便拜。

崔吹風一驚，連忙扶起她：「妳幹什麼？」

音兒傻笑：「我拜師。」

崔吹風鄭重回答：「以妳的音樂才華，需要拜什麼師？」

「你太厲害了，我一定要拜。」

「任何樂曲，崔吹風只要聽過一次就永遠不會忘記，但他對於形狀的記憶可差得很，尤其是人臉，見過幾次面之後仍然記不住。

「你當然見過我嘛。」音兒嬌嗔跺腳。「當初在洛陽，我就在酒樓的本店工作；後來開封分店開張，我跟著大掌櫃一起過來，現在當上了領班。」

崔吹風皺眉想了半天，仍想不出個頭緒：「妳是什麼工作的領班呢？」

「洗碗房的領班啊。」

崔吹風跌足：「唉喲，真是浪費人才！」

「喂，碗洗得好，也是一種人才。」音兒天真的拉著崔吹風的手。「崔公子，我可不可以跟你一起進太樂署？」

崔吹風失笑：「太樂伎都是男子，沒有女人的。而且那種工作……唉，要不是顧少卿執意相邀，我才不去呢。酒樓的薪酬雖不高，最起碼還能養活我娘。」

「太樂伎到底要幹些什麼啊？」

「皇上上朝要奏樂、退朝要奏樂、結婚要奏樂、生日要奏樂、祭天要奏樂、郊祀要奏樂……反正幹什麼都要奏樂，想也知道，都是那種很無聊的音樂。」

音兒樂觀的說：「也許顧少卿請你，就是要你一展才華與抱負，讓那無聊的音樂有所轉變。」

崔吹風一挺胸膛：「我也這麼想過，如果真能這樣就好了。」繼而又認清現實的垂下頭。「唉，妳覺得，有這種可能嗎？」

「這種事當然急不來，只要你逮著演奏的機會，讓他們聽聽你的音樂，也許就……嘻嘻！」音兒抓住崔吹風的手直勁晃。「以後所有的場合都是你的天下啦！」

「這麼欣賞我的人，全世界大概只有妳一個了。」崔吹風緊握了一下她的小手，吁出一口長氣。「明天先去看看再說吧。」

原來是個補缺的？

多少懷著點夢想的崔吹風走入太樂署大門，迎面一棟大廳，雜亂的絲竹之聲由內傳出，是太樂伎們正在做著日常練習。

崔吹風一聽那沉悶的聲音，心中就涼了一半，很想掉頭逃跑，但見顧寒袖快步從廳中迎出：「崔兄，你來啦？我可等你好久了。」

崔吹風暗叫一聲「倒楣」，不得不跟著他往內走，第一步踏進去，他就呆住了。

大廳中共有八百二十九個太樂伎，而且是──八百二十九個鬚髮皆白的老頭兒！

崔吹風呆呆的望著他們，他們也都呆呆的望著崔吹風，過了一會兒才竊竊私語：「怎麼來了個大後生？」

顧寒袖介紹已畢，原鍾石便道：「崔員，你擅長何種樂器？」完全不曉得崔吹風在外的聲名，已先搭起了官架子喚他「崔員」。

崔吹風搔了搔頭，並不想誇耀，但又不能不說實話：「只要是樂器，都會。」

原鍾石咳了一聲，眼望他處，心中嘀咕：「什麼崔吹風，根本是崔吹牛！」

顧寒袖道：「前幾天，一名『琴工員』病故，你就先補上他的缺吧。」

崔吹風一怔，暗忖：「原來我是來補死人缺的？」心中更悶到了極點。

原鍾石面向那八百二十九個老頭兒高聲道：「今天難得太常寺少卿也是新科狀元光臨我們這個小單位，所以我們必須要請他給我們一些指點。」言罷就大拍起巴掌。

「太樂署丞」原鍾石倒只有五十開外，他趨前一禮：「顧少卿，您推薦的人來了？」

太樂署隸屬於太常寺，顧寒袖是他的頂頭上司，自然得巴結一下。

太樂浮沉錄

顧寒袖在太樂伎們不甚熱烈的掌聲中，走到大殿前方。

「在下並不懂音樂，只能隨便跟各位談談太樂的歷史。」顧寒袖不疾不徐的說著。「剛才原署丞說太樂署是小單位，實在太過於妄自菲薄，須知古之聖王制禮定樂，是何等莊嚴慎重的國家大事，其主要的功能便是教化百姓，《樂經》被列為六經之一，可見歷代聖王都很重視音樂。」

原鍾石滿頭冒汗：「下官駑鈍不才，顧大人萬莫見怪。」

崔吹風尋思：「太樂的功用是教育百姓，就跟宣傳政令一般，難怪如此沉悶無趣。」

顧寒袖續道：「西周承繼太樂正統，迨至春秋時代，鄭、衛、宋、齊等國的淫樂興起，百姓都樂此不疲，禮樂因而喪矣。」說時，異常痛心疾首。

崔吹風心中好奇：「大家都說鄭國的音樂是靡靡之音，只不知這靡靡之音的淫樂，到底是什麼樣的音樂？」

「秦朝吞併天下，秦始皇下令焚書，除了醫藥、卜筮、種樹的書以外，都付之一炬，《樂經》因而失傳。後來大漢龍興，漢太祖劉邦命叔孫通制禮樂，但已找不到正統的樂師，只能用秦國的樂師制樂，所以班固作《漢書》，有『大漢繼周，久曠大儀，未有立禮成樂』之嘆……」

一名「楚嚴鼓員」舉手發問：「這麼說來，叔孫通所制的漢樂，竟來自於秦樂？」

「沒錯。」

「秦人只會拉直了喉嚨喚馬兒，哪懂什麼音樂？」

老頭兒們都撫著白鬚呵呵笑。

崔吹風又想：「原來其中還有這麼多曲折，那麼原先的太樂伎是什麼樣的音樂？」

顧寒袖正色道：「經過漢朝四百多年許多有心人士的努力，畢竟有所成就，但噩運又來了，漢滅、魏亡，繼而統一天下的晉朝並未能維持多久，匈奴、鮮卑等五胡入主中原，天下大亂，太樂伎也分散各地，有南歸於東晉者、有北奔於匈奴者，尤以逃到河西為最多。而稱霸中原的前趙、後趙等國的君主都因為沒有太樂而煩惱，重大的慶典、祭禮都無太樂烘托，顯得寒傖異常，所以尋找太樂伎就成了當時各國的當務之急。」

崔吹風暗道：「音樂對他們來說，只是充門面、壯聲勢的東西而已。」

顧寒袖清了清嗓子，又繼續往下說：「剛才說過，許多晉朝的太樂伎都避難到了河西。河西走廊乃是『前涼』的根據地，前秦崛起，滅了前涼，便獲得了大批太樂伎與漢、魏清商之樂譜，國主符堅大喜，自認只有前秦才有資格繼承正統……」

又一個「竽工員」問道：「顧少卿所說的就是那個發動『淝水之戰』的符堅？」

「正是。符堅志得意滿之餘，調發八十萬大軍討伐東晉，卻大敗於淝水，前秦因而四

分五裂，西燕慕容沖率軍攻破前秦首都長安，擄獲不少樂工，但西燕又被後燕所滅，後燕又被北燕所滅，『鍾律令』李佛率領樂工奔南燕……」

「這麼多東西南北燕，『鍾律令』，聽得頭都昏了！」

老頭兒們又都笑咧咧。

太樂伎爭奪戰

「南燕國主慕容超的母親與元配妻子流落在後秦境內，後秦高祖姚興聽說太樂伎都在南燕，便以之作爲交換條件，慕容超不得已，獻樂工一百二十人於後秦，以贖其母……」

「咱們太樂伎還滿值錢的。」老頭兒們都很滿意。

「精彩的還在後面──慕容超沒了太樂伎，心裡悶得很，他聽說東晉還保存了一些古樂與樂工，便發動了一場史上最獨特的太樂伎爭奪戰！」

「爲了我們打打仗呢！」一名「簫工員」高興的說。

「雙方大戰於宿豫，東晉敗退，南燕擄走了兩千五百名正在學習階段的年輕太樂伎……」

「那批獻給後秦的老樂工呢？」原鍾石問。

「後來，東晉的大將劉裕滅了後秦，將那批老樂工帶回江南；一百七十二年後，隋文

帝平定江南，將老樂工的徒曾孫、徒玄孫帶回長安，一聽他們演奏，便高興的說：『此華夏之正聲』，設置『清商署』安頓他們，太樂與太樂伎終於有了比較安定的環境，以迄於今。」

老頭兒們都衷心讚嘆：「顧少卿學富五車，讓我們茅塞頓開！直到今天方才知道我們有多重要！」

顧寒袖又清了清嗓子：「話說回來，《樂經》毀於秦朝，所以從秦朝開始，正統的太樂就已失傳，雖然經過各代修補、改正，但都不能說是正統的太樂……」

原鍾石逮到機會，想要扳回一城：「下官聽老一輩的太樂伎說，《樂經》並非毀於秦火。」

顧寒袖見招拆招：「關於此點，一直有很多種說法，有人認為《周禮·春官宗伯章》的〈大司樂〉就是《樂經》；有人認為《樂經》是樂譜，所以根本沒有《樂經》這部經書；不過一般的看法仍是《樂經》失傳於秦朝……總而言之，我們若能找到失傳的《樂經》，可是史上最重要的發現之一！」

一名「梁皇鼓員」問道：「少卿，您覺得《樂經》裡記載的音樂會是什麼樣的？」

顧寒袖笑道：「我已說過，我不懂音樂，但我認為應該是神聖莊重之音，很慢、很沉、很嚴肅……」

顧寒袖拉直喉嚨，唱出一個不太好聽的音，一直拖、拖、拖……拖了一炷香的時間還沒結束。

老頭兒們都呆張著大嘴等待，等他唱完了就送上一頓阿諛奉承，但崔吹風實在聽不下去，開聲道：「顧兄，我覺得這不是音樂，音樂應該是發自靈魂的聲音。」

大廳陷入一片難堪的死寂，大家都瞪著他。

顧寒袖訕笑著咳了兩下：「崔老弟當然比我了解得多……呃，再過幾天便是冬至，皇上要祭『昊天上帝』，大家快練習一下這首曲子，我先走了。」

顧寒袖離去之後，老頭兒們才收回瞪視崔吹風的眼光。

崔吹風討了個沒趣，正想把自己帶來的琴放好，原鍾石走過來，故意撞了他肩膀一下，並狠狠的呸了一口：「什麼靈魂的聲音？活膩啦？」

老鷹之歌

朔風如狂，捲天襲地。

時當宋真宗大中祥符二年十一月冬至。

皇帝趙恆在城郊的圜丘上祭拜昊天上帝，百官相隨。

太樂樂團坐在丘下準備奏樂。今天只來了一百二十四個太樂伎，都被寒風吹得瑟瑟發

抖。

崔吹風被排在最角落，面前放著一具琴，他不時用嘴呵著被凍僵的手指頭。

圜丘上的典禮完成了。

太樂署丞原鍾石舉手示意，樂團開始演奏，是一闋十分莊嚴肅穆但沉悶已極的樂曲。

歌者開聲唱道：「北方之神，執權司冬，三時務農，於焉告功；禮備樂作，歸功於神，

風馬來游，承錫斯民……」

要死不活的歌聲讓崔吹風直打呵欠，皇帝趙恆則在歌樂聲中走下圜丘。

突然，一隻老鷹飛過天空，發出抑揚頓挫的鳴叫。

崔吹風一聽這聲音就有了靈感，直接反應的撥動琴弦，與老鷹的叫聲互相應和。

趙恆正刻意邁動莊嚴的步伐，不料旁邊傳來一陣像是要把地面帶上天空似的、火辣激昂的音樂，他腦中一陣暈眩，暫時失卻了平衡感，楞住了。

百官也楞住了，原鍾石也楞住了，崔吹風身邊的老頭兒全都楞住了，因為不敢說話，都以肢體動作向他示意，但崔吹風沉醉在旋律中，渾然不覺。

他的琴聲愈來愈搖滾，百官之中竟有人情不自禁的輕輕擺動起腰肢與雙手雙腳，連皇帝都有些蠢蠢欲動。

原鍾石氣急敗壞的想要跑到崔吹風面前，卻先摔了一大跤，兀自伸出顫抖的手，指著

二七

崔吹風大吼：「你去死！」

崔吹風愕然住手，還不知自己闖下了大禍。

「大不敬」要判什麼刑？

崔吹風直挺挺的站在太樂署的大廳外，面向牆壁，像一個做錯事情的小孩。

「太常寺卿」駱伯和帶著少卿顧寒袖快步走入大門，原鍾石忙由廳內衝出，趨前行禮：「兩位大人……」

駱伯和走到崔吹風面前，破口就罵：「太樂署有樂工八百三十人，就沒一個像你這樣的……這樣的混帳！」

顧寒袖忙道：「駱大人，要怪就怪下官，都是下官將此人引薦入太樂署。」

駱伯和重哼一聲，還不想對這個可能是皇上心目中的大紅人翻臉說重話。

顧寒袖挨近崔吹風悄聲道：「大家都說你是個不世出的音樂奇才，但太樂伎的工作是什麼，你到底搞清楚了沒有？」

崔吹風囁嚅：「我以為都是音樂……」

駱伯和屬聲道：「這事可大可小，你若被判『大不敬』，那就……哼哼！」轉頭吩咐隨從。「把他關進大牢，擇期受審！」

隨從們上前押著崔吹風就走，大廳內的八百二十九個老頭兒都擠在門窗邊，有的幸災樂禍，有的嘆氣搖頭。

崔吹風沒想到事態竟會如此嚴重，嚇得面無人色，悄問顧寒袖：「大不敬會被判什麼刑？」

「論律……」顧寒袖嘴唇發抖，勉強迸出幾個字：「當斬！」

隔壁牢房的怪人

崔吹風不知道自己是怎樣進入牢裡的。他腦中一片混沌恍惚，好像在夢遊，又似醉酒。

等他清醒過來時，才發現自己坐在又髒又臭又窄小的牢房裡。

「喂，放我出去，我沒幹嘛啊？」喊了十幾聲，只沒人應，他跳起來抓住鐵柵猛搖，叫得更大聲：「來個人嘛，放我出去！」

驀聞旁邊一個暴躁的聲音道：「你這小子給我閉嘴，我已經忍耐你很久了！」

崔吹風轉頭一看，隔壁牢房內關著一個鬍子長滿了臉的人，幾乎看不見五官，只有兩隻青磷磷的眼睛從毛髮底下射出比劍還銳利的光芒。

崔吹風咳道：「我是冤枉的……」

「被關在這裡的人，沒一個是冤枉的，統統都該死！」那人躁烈的說。

崔吹風一楞：「你也該死？」

「當然該死！」那人大吼。「如果你再不閉嘴，我現在就宰了你！」

崔吹風還想跟他抗聲，只見幾名獄卒進來放飯，一間牢房一盆糟糊糊的東西，老遠都能嗅著餿臭味。

但到了這怪人房前，獄卒竟捧出一個盛有四菜一湯的食盒，恭恭敬敬的放在牢房門前六尺遠的地方，然後用棍子把那食盒推到鐵柵前，顯然是沒有人敢接近他。

崔吹風暗想：「連獄卒都這麼怕他、敬他，我還是別跟他吵了吧。」

氣窗外暮色降臨，犯人們都睡著了，崔吹風輾轉難眠，想起母親獨自在家，可能還不知道自己被關入大牢，甚至可能會被判處死刑，他不禁悲從中來，抱頭飲泣。

突地，一溜液體從頭頂澆下，流得他滿臉、臊臭難聞，抬頭一看，竟是那怪人隔著鐵柵，對著他的頭撒尿！

崔吹風顧不得許多，爬起身子就想跟他理論，那怪人又從鐵柵間伸過手來，掐住他的喉嚨：「我最討厭你這種又囉唆又愛哭的鄰居，你早點死了算了。」

怪人的手愈掐愈緊，崔吹風面色漲得赤紅，喘不過氣，眼看就要斃命。

對面牢房的犯人勸道：「大哥，放了他吧。上次你把你的鄰居掐得半死，你還挨了幾十記『批頭』，何必又來一次呢？」

怪人冷哼一聲，終於放開了手，崔吹風痛苦的哮喘著倒在地下。

另一邊隔壁牢房的犯人「老伍」悄聲道：「那傢伙殺人如麻，你少惹他爲妙。」

噩運接踵而至，崔吹風再也不敢吭聲大氣兒了。

獨一無二的梅大將

晨曦透入時，崔吹風才勉強睡去，但過沒多久，便被獄門大開、獄卒喳呼的聲音吵醒：

「梅大將，您來啦？」

梅大將？是誰啊？會是來救我的嗎？

崔吹風挨到鐵柵前，向通道望去，並沒看見什麼大將，只有一名絕美的少女俏生生的走了過來。

崔吹風但覺她有點眼熟，可又犯了老毛病，怎麼也想不起曾經在何處見過，忙問另一邊隔壁的獄友老伍：「這女子是誰？」

「她是『軍器監』的『劍作大將』，天下唯一的女鑄劍師，幾乎每天都會來探望那個殺人兇手。」

梅大將走到那怪人的牢房前，從提籃裡取出熱騰騰的早餐：「項大哥，快趁熱吃了吧。」

崔吹風心忖：「原來這殺人兇手是什麼『項大哥』，但這梅大將乃是朝廷命官，為什麼對他這麼好？」

他呆呆的望著梅大將，梅大將也看到了他，臉上浮現驚異的表情，正想開口詢問，又聽獄卒們高聲吆喝：「顧少卿駕到！邢大掌櫃也來了。」

崔吹風心中大喜：「這可是來救我的了。」

顧寒袖、邢進財快步走來，走到項大哥牢房前就停住了，齊聲問候：「項大俠，你還好吧？」

原來他倆也是來探望項大哥的，只是這會兒怎麼成了「項大俠」？這個脾氣壞透、亂殺人的傢伙也配稱大俠？

崔吹風忍不住喚道：「顧兄、大掌櫃，救我！」

顧寒袖、邢進財這才望向他。「哈，你正好跟項大俠隔壁，可沒人敢欺負你了。」

崔吹風鬱悶難當的想著：「誰欺負我？就只有他欺負我。」

顧寒袖站到崔吹風面前唉聲嘆氣：「崔兄，都是我害了你。我……唉唉唉……」

顧寒袖連嘆了幾十聲，只說不出半個道理。「梅大將」已從邢進財口中得知原委，責備的望著顧寒袖：「表哥，這崔公子是個天才，你為何要把他弄進太樂署去？根本是在作賤他而已。」

三二

顧寒袖又咳個不停：「我是因爲這……好歹也算是個仕途出身……」

梅大將哼道：「你心裡除了仕途之外，還有別的東西嗎？」

他倆是表兄妹，並早有婚約，但因顧寒袖的寡母無法接受媳婦在外發展自己的事業，使得這門親事陷入僵局，兩人見了面，總是尷尬非常。

崔吹風這才想起「梅大將」名喚梅如是，今年三月間在進財大酒樓的洛陽本店有過一面之緣。

又聽獄卒們大吼：「莫國師駕到！」

崔吹風胸中又燃起了一絲希望，因爲這「五印國師」莫奈何是酒樓常客，與自己可算是熟人。「他總是來探望我的吧？」

道士裝扮的渾頭小子莫奈何急急走來，又停在項大俠的牢房前，問候過他之後，就站在梅如是面前一逕傻笑搔頭。

莫奈何與梅如是從今年年初就一起出生入死過無數次，他單戀梅如是已到了病入膏肓的程度，卻從不敢開口，但十月間他在敦煌鼓起勇氣大聲喊出自己的心意，使得梅如是不告而別，至今兩人還是第一次見面，尷尬的心情不難想見。

莫奈何、梅如是、顧寒袖三人就這麼尷尷尬尬的面面相對，都吐不出半個字。

崔吹風又囁嚅：「小莫道長，還記得我嗎？」

莫奈何顯然不曉得他也被關在這裡，嚇了一大跳，問明原因之後，爽快的說：「我若有機會面見官家，定會替你求情。」

宋時臣民大都以「聖人」或「官家」稱呼皇帝。

眾人探望項大哥已畢，離去前，邢進財兀自特別拜託他照顧隔壁的崔吹風。

項大哥呸道：「我沒殺他就算是照顧他了。」

開封有個鮑奸官

項大哥說歸說，畢竟對崔吹風好了些，最起碼不會把尿撒在他頭上了。

又過兩天，獄卒帶了一個頗有派頭的長隨進來，打開牢門：「崔吹風，算你狗運，知府大人要見你。」

崔吹風暗喜：「小莫國師果然有用。」

滿心歡悅的跟著那長隨來到權知府宅邸，被安排在一個小邊間裡呆站著等待。

約莫一個時辰之後，才見「權知開封府」大剌剌的走入。他名叫鮑辛，是去年的狀元，升官之速，史無前例。

崔吹風恭敬行禮：「鮑大人……」

「嗯。」鮑辛看都不看他的哼了一聲，逕自坐下，僕從人等端上好茶，鮑辛便自顧自

「戳戳戳」的喝著，「噗噗噗」的噴葉末。

又過了半個時辰，鮑辛才舉眼瞄了一下崔吹風：「你就是那個胡彈亂奏的樂師？」

「草民……不知規矩……」崔吹風只好這麼回答。

鮑辛仍悠哉的喝著茶……「我問你，你是怎麼進入太樂署的？」

「是顧少卿引薦我……」

「顧寒袖？」鮑辛猛然一聲大吼，把茶杯重重往几桌上一放，厲聲道：「你是顧寒袖的黨羽？」

崔吹風嚇壞了，半晌才道：「黨羽？我不是什麼黨羽。」

鮑辛起身，戟指崔吹風，活像要用手指把他戳死：「明明就是！你們兩個早就串通好了的，對不對？」

「串……串串……串通？」崔吹風結巴著。「串通什麼？」

「串通敗壞朝綱！串通侮辱昊天上帝！串通氣死皇上！串通……」

崔吹風每聽他說一句，身體就往下沉一寸，到了後來，整個身體幾乎都快要貼到地下去了。

鮑辛驀地換上一副笑臉：「崔兄弟，不必如此，來來來，坐，喝茶。」

崔吹風又呆了，這是在幹嘛？

鮑辛親切的說：「我知道你只是顧寒袖手下的一介小卒，你的罪名並不嚴重，只要你把主謀招出來，我包你沒事，馬上就能回家。」

崔吹風不是三歲小孩子，雖沒進過官場，但也明白官場的把戲，原來鮑辛想要藉機打擊顧寒袖，鞏固自己的地位。

崔吹風是個性情溫和的音樂人，從來沒有伸張正義、堅守道德、秉持天理等等的想法，他的生活跟這些完全搭不上邊，但是現在這個狗官卻出了個難題來困擾他，他只覺一團火從肚子裡升起：「你是在找我的麻煩？我告訴你，是我幹的就是我幹的，不是我幹的就不是我幹的，你硬要把不是我幹的說成是我幹的，又把是我幹的套到別人頭上，我可不會容許你這麼幹！」

這一席幹話，弄得鮑辛楞住半天，終於厲聲道：「崔吹風，你這個蠢材，你就提著你的腦袋去喝西北風吧。彈琴彈到被殺頭，你絕對是千古第一人！」

又見陰謀

鮑辛命人還押崔吹風之後，走入花廳，一個白衣白袍、白履白冠、面如白玉的人正在等著他。

此人本來應該是個毫無瑕疵的佳公子，然而一個缺陷讓他變得只剩獰惡，因為他的左

眼部分是個大洞，眼窩深陷，裡面的顧骨竟是透明的，甚至看得見腦漿。

鮑辛剛才的趾高氣昂全都沒了，狗也似的挨到他面前，蚊子般囁嚅：「俞公子……」

原來他竟是當世最負盛名的「第五公子」俞燚至。

他乃神農氏末代君主「帝榆罔」的後裔，一直想從黃帝子孫手中奪回中原的統治權。

神農氏的特徵是「水晶肚」，除了四肢與頭顱外殼之外，其他部分都是透明的，五臟六腑清晰可見，若吃下有毒的東西，某個內臟便會發黑，可以一目瞭然。

今年他連續策畫了幾番陰謀，都未能得逞，十月間被半人半鳥的「百惡谷主」薛家糖啄瞎了一隻眼睛，弄成現在這副恐怖模樣。

俞燚至喝了一口茶，頗為嫌棄的吐在地上：「怎麼樣，那個崔吹風願意配合嗎？」

「他……出乎我意料，骨頭挺硬的，不肯。」

俞燚至的腦漿開始沸滾：「上次我叫你判那項宗羽死刑，你沒判成；這回要你藉著崔吹風扳倒顧寒袖，又不成。我真不知當初為何要栽培你這個草包。」

鮑辛嚇得跪倒在地：「俞公子饒命！」

俞燚至冷然道：「這回你定要判崔吹風死刑，否則他反咬你一口，你就完蛋了。」

「是！」

誣賴之歌

崔吹風頹喪已極的躺在牢房裡，是否要出賣顧寒袖的念頭不時困擾著他，他不免跟隔壁的獄友老伍討論著：「我又不是江湖大俠、又不是聖賢子弟，『義』之一字於我何用？」

老伍說：「本來嘛，事情到了這節骨眼兒上，還講什麼義氣？」

崔吹風靈感陡生：「嗯，義之一字於我何用、何用、何用？倒可以寫一首不錯的歌，」

開聲哼著：「嘟嘩啦哩咻咻哩哩，哩啦、哩啦、哩啦⋯⋯」

老伍點頭道：「挺好聽的。」

項大哥在另一邊罵道：「你再吵，我就宰了你！」

崔吹風又苦悶了，回到原先的想頭：「如果我誣賴了顧寒袖就可以活命⋯⋯」

老伍悄聲道：「換作是我，早就把他扯下水了。」

崔吹風的眼睛又直了：「嗯，誣賴一個好人，如此痛苦⋯⋯滿好的滿好的，哩啦嘟嘩哩哩，啦哩啦咧⋯⋯」

老伍笑道：「這首也不錯。」

幾天內寫了不少曲兒，若非項大哥罵不絕口，還會寫得更多。

命運之歌

這日上午，牢門被獄卒打開：「出來吧，上堂受審。」給崔吹風戴上腳鐐手銬，牽著他往外走。

腳鐐拖地發出聲音，扭動雙手，手銬也會發出聲音。

崔吹風走著走著，又有了靈感，臉上浮出笑意。

上了公堂，衙役以水火棍尾擊地，厲喝：「威武！」

崔吹風走上堂來，邁動沉重的步伐，時前時後、時左時右，他的手銬、腳鐐便都跟著發出聲響，正好配合上棍尾擊地的聲音，渾似一首命運交響曲。

坐在公堂旁邊，提著筆準備寫公文的師爺禁不住跟著搖擺，衙役中亦有人跟著晃動。

高坐公堂之上的鮑辛見此情形，大為惱怒，拿起驚堂木拍下：「罪犯何人？」所有的聲音都停止了。

崔吹風不甚情願的跪下：「草民崔吹風。」

鮑辛低頭看著公文案卷：「崔吹風，你為何故意擾亂祭天儀式？」

「草民……是被天上的那隻老鷹帶壞的，大人應將那老鷹抓來受審。」當然都是獄友們給他出的主意。

「抓老鷹？」鮑辛楞了一下，大罵：「你還狡辯？本府原本不願深加罪責，但你這種

態度，顯然從一開始就心存大不敬。你可知大不敬要受何種刑罰？」

崔吹風就怕聽這話，登即面如死灰。

鮑辛又敲一下驚堂木：「崔吹風聽判！」

就在這時，一個名喚何喜的「內侍押班」快步走入：「鮑大人，皇上有口諭。」

鮑辛暗自嘀咕：「上次我想判項宗羽死刑，就是他來傳達官家的口諭，要我輕判，今天怎麼又來了？」

不得不請何喜上堂：「何押班，又有何貴事？」

何喜在鮑辛耳邊悄聲道：「皇上說啊，那日聽了崔吹風的音樂，回宮之後心情挺愉快的，所以啊，請府尹大人輕判。」

鮑辛心中一驚，乾咳道：「又要……輕判？」

何喜笑道：「輕判。」

鮑辛道：「這……總不能每個人犯，官家都要管吧？」

何喜見他有意推託，便沉下了臉：「鮑大人，你若想堅持己見，當然沒問題，我這就回去如實回稟官家。」言畢，轉身就走。

鮑辛嚇得連聲低叫：「輕判，輕判，我輕判。」萬不得已的坐回座位，驚堂木都快拿不動了，拖著鼻涕般的聲音道：「下跪人犯崔吹風聽判：本府判你流放三千里。」

一籤三千里

開封府的長班內，所有的官差輪流在籤筒中抽籤，一邊嘀咕著：「這趟活兒要走到廣南西路的『柳州』，豈止三千里？而且經過的都是些鳥不生蛋的地方，真是見了鬼的差事！

而且聽說崔家窮得很，半點油水也沒有。」

七月間才從洛陽轉過來的董霸、薛超打開手中籤，齊發一聲喊：「我他媽的怎麼這麼倒楣？」

其餘的官差互相擠眉弄眼，顯然是他們早就設好的局，把爛差事推給這兩個新來的同事。

都頭好心提醒：「就照老規矩辦事嘛，兩天之後就到了『野豬林』！」

吹風起解

崔吹風的脖子上戴著一面小木枷，被董霸、薛超押出監獄大門。

門外冷冷清清的，不見半條人影。

董霸哼哼道：「不是聽說你很受歡迎嗎？怎麼連一個送行的都沒有？」

薛超哼道：「他們聽說你犯了事兒，全都躲著不理你了。小子，見識一下人情冷暖吧。」

崔吹風頗為頹喪，但見五十左右的母親趕了過來：「風兒！風兒！」

母子倆不免抱頭痛哭一場。

董霸不耐道：「好了好了，要上路了。」

崔母從肩上取下琴袋，遞給崔吹風：「你沒有琴活不了，帶著吧，路上多奏給兩位官人聽。」

董霸、薛超都在心裡暗笑：「他剩沒幾天好活了，給自己演奏一首安魂曲吧。」

崔母又取出一隻活雞，想要送給董霸、薛超：「官人請笑納……」

董霸、薛超瞋目：「當咱們是乞丐？嘖嘖嘖，拿回去！」心道：「好歹也孝敬塊把銀子吧？」

一行人正要上路，獄門忽又打開了，都頭由內急忙衝出：「等等，權知府要你們順路多押解一個。」

薛超皺眉：「又多一個？什麼人啊？」

都頭支吾道：「嗯……這個主兒嘛，有點麻煩……」

話沒說完，就見獄門中走出脖子上戴著一面大枷的項大哥。

董霸、薛超快要昏倒的驚呼出聲：「項宗羽？」

崔吹風也一驚，原來這項大哥就是「劍王之王」項宗羽？

記得曾經在進財大酒樓的洛陽本店見過他幾次，每次都滿臉浩然正氣，滿心光明坦蕩，滿身翩翩風度，哪像現在滿臉雜鬚亂鬍、滿嘴罵人髒話、滿眼殺氣兇光。

都頭悄悄的把他送走，免得節外生枝。

董霸悄聲道：「他的流放地是哪裡？」

「也是柳州。」都頭說著，使了個眼色，意思不外「一併辦理」。

「遞解他的消息若傳出去，定有許多達官貴人前來送行，所以權知府決定偷偷的把他送走，免得節外生枝。」

嘮叨的音兒

一行人自以爲神不知鬼不覺的走出城門，嘩！可熱鬧了！

進財大酒樓的酒女與老顧客們全都等在城外。「崔公子，保重啊！好走啊！快點回來啊！」的叫聲震耳欲聾。

春荷代表大家提了個沉重的大布袋走到董、薛二人面前，冷笑道：「這裡有珍珠五十串，價值最少一千兩紋銀，你們兩個把崔公子侍候好了，否則等你們回來，我們可饒不了你倆。」

「各位放心，全包在我們身上。」

酒女們全都怒目而視、酒客們全都摩拳擦掌。董霸、薛超大樂之餘，不忘打躬作揖。

酒女們又拉著崔吹風哭了半日，方才放人上路。

走不出半里，又見音兒揹了個特大號的包袱趕過來：「等等我！」

薛超賊眼瞅著大包袱，笑道：「又來送銀子啊？真不好意思。」

音兒啐了一口：「哪有什麼銀子？這裡面都是崔公子跟我的日常生活用品。」

董霸皺眉：「妳……這什麼意思？」

音兒挽住了崔吹風的胳膊：「我是他徒弟，他去哪兒，我就去哪兒。」

崔吹風苦笑：「音兒姑娘，別這樣……」

薛超失笑：「小丫頭不知天高地厚，妳可知道這一趟有多遠？」

音兒一揚頭：「不管多遠，我都要跟到底！」

董霸、薛超暗哂：「走不上兩天，她就知難而退了。」嘴上便道：「哈，那就隨便妳吧。」

兩人押著崔吹風、項宗羽往前走，音兒綴在最後面不停嘮叨：「我就曉得你們這些防送公人的把戲，犯人若是沒錢孝敬，晚上投店，就弄盆開水給犯人泡腳，燙得犯人兩腳起水泡，對不對？明天再給他穿上一雙全新的草鞋，一走路就把水泡都磨破了，讓他痛得要死，對不對？然後你們就可以怪他走得太慢，一直打他、罵他，對不對？然後……」

音兒的聲音好聽極了，但只要一開口就沒完沒了，渾若風中打轉的風鈴，一直響個不

停。

董霸、薛超被她吵得煩死了，還未及翻臉，項宗羽已先受不了，破口大吼：「兀那丫頭，妳安靜一點可不可以？」

音兒噘嘴道：「這可奇了，我是幫你監督他們，你反倒回過頭來罵我？你要知道，這世上的好心人不多。我也不想幫你，我想幫的是崔公子，不過你們既然一路，我也就順便幫你一下。我也不要你感激我，但是你也用不著罵我；你要罵我，我也沒辦法，但也用不著這麼大聲；你這麼大聲也沒關係，只是別嚇到我……」

項宗羽暴烈跳腳：「董霸，你再不叫她閉嘴，我就宰了她！」

崔吹風忙道：「音兒，這位項大俠，脾氣不好，妳就別惹他生氣了。」

音兒哼道：「大俠？有他這樣的大俠嗎？人家大俠都是穿著白素淨面的綢緞袍子，頭上戴著簪了一大朵紅縷的帽子，腰間掛著金光閃閃的劍，背上揹著黑漆亮亮的硬弓，騎著白驃驃的駿馬，跨著銀晶晶的馬鞍，臉上一根鬍子也沒有，見了人就很瀟灑的作個揖，口稱『仁兄，在下這廂有禮了，請閣下賜教』，哪有像他這樣，滿臉鬍渣渣，人不像人，豬不像豬，明明自己就要被宰了，還想去宰別人……」

項宗羽悶哼一聲，回身就想衝過來，董、薛二人急忙攔住。「項大俠，別跟她一般見識。」

崔吹風悄聲道：「音兒，他可是『武林三大劍客』之一，別說得這麼不堪。」

音兒道：「哼，大劍客呢，頸子上戴著枷，被人趕著走，大賤豬還差不多……」

崔吹風急著想截斷她的嘮叨，便大聲詢問董霸：「項大俠犯了什麼罪？」

董霸道：「九月裡，他大鬧貢院，還殺了一個考生，這絕對是死罪，但小莫國師替他說情，竟然保住了性命。」

薛超接道：「因為那被殺的考生竟是『中原五兇』之首『鬧天鷹』，企圖矇混過關奪狀元。」

崔吹風問道：「中原五兇又是什麼人？」

「那是五個最窮兇極惡的匪首，到處殺人放火，所過城邑皆成廢墟。幾年前，他們侵入江東項家莊，把項大俠的家族五百多口殺得十不存一。」

項宗羽怒喝：「還說這些做什？閉嘴！」獨自快步往前行去。

「唉喲，好慘！」音兒倒可憐起他來了。「怪不得他脾氣這麼壞。」

董霸又小聲道：「聽說他的妻子還被一個左臂有著龍紋刺青的匪徒先姦後殺，所以他這幾年一直在追殺那群兇徒……」

薛超續道：「今年三月間，他先在崑崙山殺了老二『破城虎』……」

項宗羽雖走在前頭，仍聽得清楚，冷哼道：「他是被妖怪殺的。」

一 箭雙鵰

薛超道：「五月間，又在鄭州殺了老四『翻山豹』……」

項宗羽道：「他是自己射死自己的。」

「六月間，又在洛陽邙山殺了老五『出林狼』……」

「那是『形意門』的掌門千金霍鳴玉殺的。」

「九月間，又在貢院裡殺了老大『鬧天鷹』……」

項宗羽仰天狂笑：「這個確實是我殺的，殺得好！」

薛超說得更小聲：「聽說這鬧天鷹就是有著龍紋刺青的元兇。」

「果然殺得好！」音兒義憤填膺，想了想，又問：「還有一個老三呢？」

「老三名喚『裂地熊』，還不知在哪裡？」

音兒不禁憂心：「項大俠，從前都是你找他們報仇，現在他會不會來找你報仇？」

項宗羽森然冷笑，活像一個魔鬼：「我正是要等他來！」

董霸、薛超都嚇楞了。「萬一裂地熊真的來了怎麼辦？媽呀，這趟差使太爛了吧？」

第五公子俞斂至原本在洛陽有座豪奢無比的「天下第一莊」，但六月間他謀反的陰謀敗露，被官軍勦得一乾二淨，現如今他在開封的據點「登峰閣」就差多了，然而他品茗的

習慣仍未改變，每天都要喝掉價值五百兩以上的頂級茶葉。

總管單辟邪大步走入：「啓稟俞公子，項宗羽上路了。」

俞餤至放下茶杯，從透明空洞的左眼窩裡可以看見他的腦漿正在渦動：「都安排好了嗎？」

「董霸、薛超都是我們的嘍囉，但僅憑他倆太不可靠。」單辟邪說。「項宗羽雖戴著重枷，仍不可掉以輕心。」

俞餤至的腦漿旋轉得更快了：「裂地熊呢？」

鬧天鷹等中原五兇都是俞餤至手下的人馬，被項宗羽追殺得只剩一人，俞餤至自然恨項宗羽入骨。

單辟邪道：「裂地熊在五兇裡面最爲神祕，聽說他是因爲塊頭極大，怕惹人注目，所以總是把自己的行跡隱藏得很好。」

「再繼續聯絡他。」俞餤至刻意提醒。「記住，那個同行的崔吹風也得除掉。」

單辟邪稍稍一怔：「他有什麼重要？」

「那小子邪門得緊，總是個禍害。」俞餤至的腦漿笑出了個酒渦。「反正我也不愛聽音樂。」

歌舞客棧

日暮時分，崔吹風一行人來至一個小鎮，投宿一家「昇平客棧」。

宋朝時押解人犯，但有公文，旅店便不收房錢、飯錢，當然都是最低等的待遇。

崔吹風因身懷五十串珍珠，花錢更不手軟，叫來了一桌上好酒菜，聊慰一日辛勞。

董霸、薛超吃得眉開眼笑，俱皆心忖：「崔吹風得了許多錢，這一路好吃好喝好住，不忙著殺他，先逍遙幾日再說。」

崔吹風與項宗羽的右手都被鎖在枷洞裡，只剩左手可用，崔吹風有音兒幫著餵，項宗羽則氣鼓鼓的坐著，面對美食，不吃半口。

「項大俠，我餵你。」董霸好心。

「我不吃這傢伙請的東西，給我塊大餅。」

項宗羽吃完了店家給的餅，仍瞪眼坐著。

薛超道：「項大俠，累了？要不，您先去睡吧。」

兩人把項宗羽送入房間，讓他先行就寢。出來後，兩人嘀咕商議：「這人恁地做怪，要不要跟那小丫頭說的一樣，弄盆開水燙他的腳？」

再坐回座位大吃大喝，音兒卻道：「崔公子這樣吃飯實在不方便，你們不能把枷打開嗎？」

薛超瞪眼：「枷上貼有封條，怎能隨便打開？」

音兒也瞪眼：「你又跟我裝糊塗，你們防送公人的伎倆，我還不明白嗎？有錢的犯人，你們就拿點水把封條沾溼了，一揭就揭掉了，到了流放地，才又重新把枷戴上、封條貼上，我說的對不對？白天我不挑明，是因為有那個項宗羽在，你們不好意思當他的面弄這套把戲，現在他去睡覺了，你們還要折磨崔公子？他請你們吃、請你們喝，所謂拿人的手短，吃人的嘴軟，你們好意思嗎你們？」

董霸、薛超實在受不了她的嘮叨。「小丫頭，妳一張嘴就說個沒完，什麼時候才會停住啊？」

音兒笑道：「只要崔公子一演奏音樂，我就不說了。」

薛超無奈，只得把崔吹風的封條揭了，打開枷鎖。音兒早把崔母今早送來的琴放在桌上：「天下第一樂師，請就座。」

崔吹風一笑：「妳也拿個東西來伴奏吧。」

音兒道：「今晚，我的歌聲就是最好的伴奏。」

「好咧！」崔吹風十指一揮，火辣辣的音樂頓時讓整個空間活躍奔騰，客棧飯廳裡的顧客都隨之站起擺動，連董霸、薛超都加入了瘋狂的行列。

音兒隨手抓起兩個小酒杯當鈴鼓，一邊開聲唱了起來。

飯廳內更瘋了！

音兒長得不美，但是很可愛，眼睛瞇瞇的，總像是在霧中看東西，兩顆小虎牙一齜，總像是在笑，而她一唱起歌兒，可讓大家覺得她真是天下第一大美女。

崔吹風沒想到她的歌聲這麼好聽，彈奏得更加起勁。

夜已深了，沒有人想去睡覺，只想一輩子都如此這般的搖擺下去。

不知過了多少時候，忽見一個人從後面衝出，暴烈大吼：「都已經什麼時候了，你們還在幹什麼？」

原來是項宗羽被吵得睡不著，氣急敗壞的跑出來罵人。

飯廳內沒人理他，完全沉浸在樂聲當中。項宗羽深諳擒賊先擒王的道理，三兩步跳到崔吹風面前，一伸左手就掐住了崔吹風的脖子。

崔吹風正奏到激昂處，豈肯罷手，雖被掐得面漲如火，仍堅守崗位。

項宗羽怒喝：「這次我真的宰了你！」手上加勁往下掐，眼看著就要把崔吹風的喉管掐斷。

就在這時，客棧外喊聲大起：「失火啦！快逃啊！」

只一眨眼，大火就從外面延燒進來。

音兒當然唱不下去了，尖聲大嚷：「大家快走！」

一堆人急急忙忙的逃到客棧外，只見小鎮上的火苗不止一處，好多個地方都在燃燒，火樹千條、黑煙瀰天。

「這是怎麼了？難道有匪幫進攻？」

鎮民們紛紛相詢，沒人有答案，火勢蔓延得很快，也容不得他們找出答案，爭相逃到鎮外。

野豬林內的兇案

清晨來臨時，崔吹風等人坐在一個小樹林裡喘息。

董霸、薛超終於鎮定下心神。「快檢查一下個人隨身財物。」

項宗羽哼道：「我有何財物？」

音兒氣嘟嘟的鼓著小嘴：「我的那個大包袱全完了！」

崔吹風抱著自己的琴，笑道：「該帶的都帶了。」

董霸、薛超鬆了一口氣。「你那五十串珍珠沒弄丟，真是託天之幸。」

「那些珍珠？」崔吹風一怔。「沒帶。」

董、薛二人幾快暈倒。「那你還說該帶的都帶了？」

崔吹風愛憐的摸了摸懷中琴：「我只要沒忘了這個就好。」

火之音

音兒瞬即瞟了一眼，只是一具老舊的七弦琴：「崔公子，你這琴很值錢？」

「值什麼錢？一年前在洛陽街上買的，一具二兩半。」

董霸、薛超回過神來，暗自商議：「這趟差使倒楣透了！那小子既然已身無分文，還留著他幹嘛？只是那姓項的難打發，得先跟他商量一下才好。」

兩人走到項宗羽面前一揖。「項大俠……」

「什麼事？」

「昨晚你差點殺了那姓崔的小子……」

「因為他實在太吵了！」

「沒錯，昨晚你沒殺成，現在我們幫你把他殺了，好唄？」

項宗羽大笑：「好極了！快去殺！」

董霸、薛超掇起水火棍，逼到崔吹風面前。「小子，我們看你也走累了，以後都不用走了。」

崔吹風早嚇呆了，一聲也發不出來。音兒挺身攔在他面前：「你們想幹什麼？估量著崔公子沒錢了，就想下毒手？我告訴你們，你們防送公人的手段，我太了解了……」

董、薛一同咬牙。「妳這嘮叨的小丫頭，當然不可能讓妳活著！」

兩人舉起棍棒就想往下揮，忽聽後面發出一陣劈劈啪啪的聲音，回頭一看，項宗羽已

五三

把脖子上的重枷扭斷了。

兩人唬得屁滾尿流。「項大俠，您……想自己動手？就讓給您了……」

項宗羽走過來，一拳搗在董霸臉上，做了個豆花爆漿包子；再一腳踢在薛超的肚子上，熬了碗豬血肚片湯。

音兒搗臉不敢看：「出手怎麼這麼兇殘嘛。」

崔吹風囁嚅：「多謝項大俠，我就知道你的兇相都是裝出來的。」

項宗羽破口大罵：「我裝什麼？要不是你吵得我昨晚睡不好，今天我還不想殺他們兩個出氣！」

音兒笑道：「只要別把氣出在崔公子頭上就好。」

「我若再跟你們做一路，遲早會折斷他的雙手、撕爛妳的嘴巴！」

項宗羽轉身就想逕自離去，驀見林中人影晃動，從四周竄出幾十個人。

手持流星鎚、繩套等軟兵器的是鬧天鷹手下的盜匪；手持狼牙棒、大斧等重兵器的是破城虎手下的流寇；手持弓箭的是翻山豹手下的響馬；手持短刀、短槍的是出林狼手下的山賊。

原來他們經由第五公子的召喚，齊聚於此，要跟項宗羽算總帳。

項宗羽大笑：「舊債主都上門討債來啦？」

眾盜賊一湧而上。「還我們老大的命來！」

項宗羽絲毫不懼，只用雙拳應敵，一瞬間就打倒了三個人。

倏聞林中一個蒼老的聲音笑道：「項宗羽，你的老伴當來了。」

一道烏光閃過，項宗羽順手接住，低頭一看，竟是自己的佩劍──千古第一名劍「湛盧」。

眾盜賊大怒。「什麼人敢幫他？」

一名年約六十，又乾又瘦，鬚髮花白、狗頭豬眼的老者悠哉從林中走出，齜開沒剩幾顆黃牙的嘴巴笑道：「老漢名叫程宗咬，就是想幫項老弟一回。」

程宗咬？此人竟是武林三大劍客之一的「劍怪」！

盜匪們都傻住了。

項宗羽愛撫著自己的寶劍：「老哥哥，此劍何來？」

「是梅姑娘託我轉交給你的。」

項宗羽九月間在貢院惡鬥鬧天鷹時，並未帶劍，他知道自己此去無回，早將湛盧劍送給了愛劍成癡的摯友「劍作大將」梅如是。顯然，梅如是又轉交給程宗咬，並要他暗中保護項宗羽。他倆四月間曾經見過一次面，雖不熟識，但頗有惺惺相惜之情。

幾個破城虎手下的大漢，見這老頭兒沒啥出奇之處，便掄起重大兵刃圍攻而上。

程宗咬從來都不帶劍，只提了根爛木棍，這邊一揮，那邊一掠，那幾個大漢的重兵器就飛到樹林裡去了。

盜匪們目瞪口呆，忘了如何反應。

程宗咬笑道：「我勸你們快跑，等下就來不及了。」

盜匪們如夢初醒，正想拔腿。

項宗羽喝道：「一個都不准走！項家莊的四百二十七條人命，今日你們須得還清！」

湛盧寶劍出手，帶起一條條血河，項宗羽的身法又快，東邊殺幾個，蹦到西邊殺幾個，再衝回東邊殺那些腳慢的，剎那之間殺得滿林子血腥，果然一個都沒能逃掉。

程宗咬嘆道：「唉，何必呢？從前大家都說你辣手仁心，現在怎麼變得殺人不眨眼？」

項宗羽猛一皺眉：「老哥哥，別以為你不把劍給我，我就殺不了他們。」言下之意，並不感激。

程宗咬也不跟他鬥嘴計較：「現在你打算怎麼辦？」

項宗羽沉吟片刻：「我犯了國法，身負重罪，若就此逃跑，罪就更重了，所以還是得自行前往柳州自首。」

音兒驚叫：「自首？哪有這麼呆的？」

崔吹風忙攔住她：「項大俠說得沒錯，如不自首，罪上加罪，難道我要終身躲躲藏藏

的做個亡命之徒？」

程宗咬道：「本朝官家仁慈，常常頒發大赦令，像崔公子這種罪，說不定還沒走到地頭，赦免令就下來了，何苦逃亡？」

「既如此，那就走吧。」項宗羽瞪了崔吹風一眼。「只是……他還要跟著我嗎？」

「梅大將要我也照看他。」

既然梅如是如此分派，項宗羽便不再言語。

程宗咬道：「前面就是『尉氏縣』，你們不如上那兒去自首，縣令自會另行派人押送。」

一行人走離樹林。

林中深處仍有兩人在竊竊窺伺，他倆都只有一條手臂，其中一人竟生著三張臉！

縣衙失火，殃及城門

崔吹風等人來至尉氏縣，直奔縣衙，卻見大門緊閉，一個衙役坐在臺階上打盹兒。

程宗咬上前搖了搖他：「差爺，有人來自首。」

那衙役頭都不抬的直揮手：「到別處去。」

程宗咬耐著性子：「我們要見縣老爺。」

「老爺還在睡，傍晚才升堂。」

眾人無奈，只得坐在縣衙前的茶棚內等待。

音兒道：「餓了。」

項宗羽瞪眼：「我一文錢也沒有。」

音兒道：「我又沒跟你說話。」

崔吹風笑道：「我也沒半文。」

音兒道：「我曉得你沒錢。」

程宗咬眼望別處，假裝沒聽見，邊從懷中掏出四個窩窩頭，自吃一個，其餘的三個便擺在竹几上。

音兒見這些窩窩頭又黑又硬，還有點發霉，捏著鼻子道：「程大俠……」

程宗咬乾咳支吾：「這個小縣城真沒個樣子，你們瞧瞧那城牆，瞧瞧這市況，瞧瞧那商家……」

音兒哼道：「原來這大俠是個吝嗇鬼。我就知道那些說書的靠不住，每次一說到大俠，就說他們仗義疏財、一擲千金，結果咧，連個饅頭都不請我吃，連杯茶都不給喝……」

這時，大街上走來兩個人，一人五十出頭，面若方塊，鬚如鋼絲；另一人三十左右，身形瘦削，目光精悍。

兩人不知怎地，走入茶棚就坐在崔吹風身邊，四隻眼睛瞅定他懷裡抱著的琴，並不時瞟著他的臉。

崔吹風被他倆弄得心頭發毛，強笑道：「兩位大叔，有何貴事？」

五十歲的壯漢道：「公子的琴，很寶貴？」

崔吹風道：「不過就是具很普通的琴。」

三十歲的瘦子懷疑的問：「公子真的會彈琴？」

音兒道：「你說這話可真好笑，他若不會彈琴，抱著琴幹什麼？裝樣子給別人看啊？但是裝給誰看呢？這裡又沒有美姑娘，又沒有俏大嬸，他喬張作致有何用意？有何代價？」

有何報酬？」

壯漢失笑：「小丫頭的話真多。我的閨女若跟妳一樣，我在家裡也不會閒得無聊了。」

瘦子冷冷道：「既然會彈，何不彈給我們聽聽？」

音兒道：「要聽可以，聽完了可要讓我們填飽肚子，因為我們身上都沒錢，有錢的那位爺呢，又是一文錢打上十個結兒的慳吝鬼，所以我們正餓得慌。」

崔吹風笑道：「我一首曲兒可換三個饅頭，倒也價值不菲。」把琴放在竹几上，褪去琴衣，開始演奏。

項宗羽可受不了了，大罵道：「好不容易才清靜了一下，你又討打？」

崔吹風不由發火：「我在替你賺吃的，你不感謝我也就算了，還威脅我做什？」邊說話，手仍不停的彈。

項宗羽正想出手打人，縣衙內突地竄起一股火苗。

那個打盹兒的衙役驚跳起身：「失火啦！大家快救火！」

路過的百姓只沒人理他。

這火起得突兀，燒得更快，一眨眼就從小火變成了大火，並由縣衙門口的大街一路延燒到城門。

「怎麼又這樣？」音兒嚷嚷。「快逃命吧！」

毛賊大俠

崔吹風等人狼狽的逃到一條小河邊上方才止步。

「咱們是招惹到什麼了？」崔吹風驚魂未定。「走到哪兒都失火。」

「這要問你呀！」剛才那兩人竟一路跟在後面。「把你的琴交出來！」

「原來是強盜？」程宗咬笑嘻嘻的橫身攔住他倆。

三十多歲的瘦子道：「你這老頭兒休管閒事，回家抱孫子去。」

程宗咬一晃手中的爛木棍：「我的孫子就是這個，你要問他答不答應？」

瘦子冷然一笑，劍已在手，一劍揮來，想把爛木棍削斷。

程宗咬的木棍突然消失不見，再從想不到的角度擊向瘦子頭頂。

瘦子哼道：「有點門道！」

一劍反削，直指程宗咬右腕。

程宗咬哼道：「有些底子！」

兩人酣戰成一團。

五十歲的壯漢走向崔吹風：「把琴給我。」

項宗羽不是很情願的擋住他：「我並不想幫這個小子的忙，但我最看不起你們這種江湖毛賊，說不得，給我滾蛋！」

壯漢哈哈大笑，一拳搗了過來，光聽那威猛的拳風就令人膽寒。

項宗羽哼道：「好拳勁！」

他雖號稱「劍王之王」，拳法上的造詣也非等閒，起手就是一陣連環刺拳，拳拳相扣，半點空隙也無。

壯漢哼道：「好路數！」也回敬了一串刺拳。

音兒道：「打就打唄，囉唆什麼？比我還嘮叨。」

這四人分成兩組，打了半日，竟爾分不出高下。

那瘦子首先跳出戰團：「且慢動手。瞧你這老兒的身手，不是一般，你到底是誰？」

「老漢程宗咬。」

「原來是劍怪？」那瘦子改容相敬，躬身一揖。「在下江尚清。」

「江尚清？」程宗咬非常意外。「你是『峨嵋三劍』之首的『拂風擺柳』江尚清？」

「正是在下。」江尚清笑道。「你我都是『七大劍派』中人，今天可真是大水沖翻了龍王廟，自家人不識自家人。」

五十歲的壯漢便也住了手：「老弟何人？」

項宗羽不想理他，壯漢只得自我介紹：「我叫『鐵拳』霍連奇。」

「你是形意門的掌門？」項宗羽皺眉。「你女兒霍鳴玉可比你正派多了。」

霍連奇、江尚清不免羞慚，搔得頭皮咯吱響。

程宗咬笑道：「兩位都是大俠，為何要搶這後生的琴？」

音兒罵道：「話本上面寫的大俠都是輕生死、重然諾，為朋友兩肋插刀，路見不平拔刀相助的英雄好漢，你們這兩個攔路搶劫的毛賊，要搶也不去搶有錢人，卻要搶我們這些窮光蛋，再怎麼不濟，也該搶此衣物什麼的，卻要搶那把破琴？程老頭還叫你們什麼大俠呢，簡直比毛賊都不如！」

霍連奇唉道：「丫頭，妳就別罵了，我們既不謀財也不害命，只是想要尋找『祝融長

原來他倆近年來迷上了各種神話傳說，之前花了三年時間尋找「后羿神弓」，後來卻被「箭神」文載道所得，他們便又轉而尋找「祝融長琴」。

程宗羽咬怔怔發問：「祝融長琴？是什麼東西啊？」

「傳說一彈此琴便會引發大火，端的是威力強大、厲害非常。剛才這位公子才彈沒兩下，就把縣衙燒光了，所以……」

項宗羽不由一驚：「昨晚他一彈琴就失火，今日又復如此，莫非真有此事？」

崔吹風失笑：「以前我天天晚上都在進財大酒樓彈琴，怎麼沒把酒樓燒掉？」

音兒笑道：「興許是邢大掌櫃的命太硬，火燒不起來。」

崔吹風眼見江、霍二人一臉認真的模樣，心裡覺得不可思議：「他們都是閱歷豐富的老江湖，怎麼會被一些荒誕不經的神話迷惑得團團轉？簡直是愈活愈回頭了。」索性大方的把琴遞給霍連奇。「當初我買這把琴，只花了二兩半，你們如果想要，就拿去唄。」

霍連奇、江尚清接過琴，上下左右的瞅了半天，實在看不出什麼名堂，又盡彈那琴弦，彈了半天也沒彈出半顆火花。

霍連奇頹然：「看樣子，我們又被鬼迷了心竅。」

江尚清道：「霍兄，我仍然堅持我的看法，既然傳說中是祝融長琴，我們就應該把目

標鎖定在很長很長的琴，普通的琴就別去管它。」

「但……哪有很長很長的琴？」霍連奇目注崔吹風。「這位公子是行家，世上可有很長很長的琴？」

崔吹風搖頭：「琴的規格大約三尺六寸五分，當然每個時代的規格不太一樣，但也差不了太多……」

這時，大路上駛過一輛馬車，上面載滿了老舊的古琴。

音兒道：「喂喂喂，你們的生意上門了，一車子的琴，夠你們搶了。」

江尚清攔住那車問道：「大哥，你載這一車子的琴，要往何處去？」

那人道：「你沒聽說嗎？『天下第一富豪』須盡歡想購買全天下的舊琴，一具五十兩哩。大家都趕往須盡歡的大本營『昇州』去啦。」

賣琴惹禍

「昇州」對於許多人來說是個陌生的地名，但若提起它以前的名字——「金陵」，可就響叮噹了。

這座城市在三國時叫作「建業」，東晉與南北朝宋、齊、梁、陳時期叫作「建康」，「六朝古都」之名因此而得；到了五代十國的吳國、南唐時大加擴建，稱之為「金陵城」。

如今它雖非商業重鎮，但天下第一富豪就住在這兒，當然成為巨賈富商的聚居之地。

須盡歡的宅邸位於城東，幾乎占去了全城的四分之一。

崔吹風與音兒來到宅院的南側邊門外，牆上掛著一幅長布條，上寫「收購天下老舊古琴」，兩旁還加了幾個大字「愈舊愈好，愈爛愈好」。

幾十名鑑定師坐在一列長桌之後，只要符合條件，馬上付現買下，決不囉唆。

崔吹風眼見手捧舊琴的賣家排了好幾里長：「這要等到什麼時候，明天再來吧。」

「明天來還不是一樣？而且今天就沒錢吃飯了，等得到明天嗎？」音兒想了想，拉開嗓門大叫：「天下第一樂師來賣琴了，你們還不快迎接？」

崔吹風失笑：「這有啥用？天下第一樂師只是酒樓扛出來騙人的頭銜，哪會有人相信這一套？」

人龍內果然響起不少「騙子」的罵聲。

有那好心的，見崔吹風手中的琴尚是新品，便勸道：「你沒看見那布幅『愈舊愈好』？你這琴賣不掉的，不夠舊、不夠老、不夠爛；而且，連最有名的名琴他們也不要，什麼號鐘、繞樑、綠綺、焦尾……統統都賣不掉。」

崔吹風道：「他們只買破舊爛琴，究竟是何道理？」

大家都說：「管他咧，青菜豆腐，各有所好嘛。」

崔吹風、音兒轉身想走，不料居然追來了一個鑑定師：「等等，讓我看看你的琴。」

接過琴來亂瞟兩眼，就說：「這琴我收了，去領錢吧。」

崔吹風大喜過望，走到長桌前領了五十兩白銀，揣在兜裡好不沉重，對於此刻的他而言，比那五十串珍珠還要寶貴。

「走，咱們去大吃一頓。」

兩人走不出三十步，邊門內虎地衝出幾個惡僕：「抓住那丫頭，她是個騙子！」

不由分說的抓住音兒就往院內拖。

崔吹風大驚：「怎麼了？你們怎麼可以亂抓人？琴是我的……」

「沒你的事，滾遠點！」

音兒苦笑：「崔公子，你先回客棧去，他們不敢把我怎麼樣的。」

崔吹風望著音兒被拽入邊門，兀自呆立當場。

水神的女兒

惡僕們擁著音兒進入庭院，立刻就換上了一副卑恭笑臉。「大小姐，您好久沒回來了。」

這個洗碗工竟是什麼大小姐？

音兒笑道：「你們的戲演得還不錯，今晚加菜。」

「多謝大小姐。」

「天下第一富豪」須盡歡已在暖閣內等待，見了音兒竟也執禮甚恭：「大小姐，辛苦了。」

連天下第一富豪都是她的下屬，這丫頭究竟是何來歷？

音兒嚷嚷：「這些日子可把我餓慘了，快燉一鍋又肥又大的蹄膀來給我吃個痛快！」

不提全府上下忙著侍候音兒，單說須盡歡關起門來與音兒密議：「妳這次出外調查的結果如何？」

音兒道：「這次我第一站先到洛陽，就被我發現了一個最可疑的人。」

「就是那崔吹風？」

「沒錯。他的音樂棒極了，害得我在那酒樓裡當了九個多月的洗碗工，天天等他來演奏……」

「妳就這樣洗碗洗了九個多月？」須盡歡頗覺不可思議。「妳為何不盡早接觸他，弄清他的底細？」

音兒嬌嗔：「這……大叔，你也知道我最愛音樂，一碰到好聽的音樂就會被迷住，把其他的事情都忘了。」

須盡歡曖昧笑道：「大小姐別是愛上他了吧？主公還等著抱外孫呢。」

音兒眼睛瞪呀瞪，以掩飾羞赧：「我就只是……就只是喜歡他的音樂。」

須盡歡還不想逼她進角落，順著話題道：「大家都說崔吹風的音樂跟尋常樂師大不相同，沒有小橋流水、行雲飄雨，全是火辣辣的金鐵交鳴之聲，節奏明快俐落，如同大地震盪、大火燃燒……」

「沒錯，就是因爲他的音樂風格太像火在燒。」音兒邊自回味。「根據《山海經》記載，中原的音樂是火神『祝融』的太子『長琴』發明的，所以本來就不應該是現在那種慢吞吞的音樂，崔吹風還因爲在祭天時不耐煩溫彈慢奏，而被判了大罪。」

原來「長琴」並不是指琴很長，而是一個人名。

須盡歡擊掌道：「好！如果崔吹風是祝融的後裔，火琴必在他手裡。」

「可是……」音兒露出困擾的表情。「我並沒有發現他的琴有什麼特別，他在酒樓演奏時，所有的樂器都是酒樓幫他準備的，他偶爾會帶自己的琴來，但那就是一具很普通的琴……」

須盡歡把剛剛買到的琴拿出來：「就是這一把？」

「沒錯，你有發現什麼特別的地方嗎？」

須盡歡與音兒又將這琴徹底研究了一遍，仍未瞧出任何異狀。

「前幾天，『鐵拳』霍連奇與『拂風擺柳』江尙清也看了老半天，都沒看出什麼道理。」

須盡歡目光一凝：「聽說大小姐這次結識了不少武林高手？」

音兒道：「我們才離開京城沒兩天，那兩個防送公人就想殺犯人，我本想出手，但項宗羽和程宗咬都搶在我前面，我就樂得袖手旁觀啦。」

當董霸、薛超想要棒殺崔吹風的時候，音兒攔在中間，已經做好了救援的準備，若非項宗羽掙開枷鎖，她的身分早就露了餡兒。

須盡歡笑道：「項宗羽、程宗咬，都跟妳做了一路？妳這回的收穫可不小。」

音兒「嗨」了一大聲：「別提了，那幾個都被稱爲大俠，卻沒一個像樣。殺人狂、嗇鬼、小毛賊，什麼大俠呢，沒得笑掉我大牙！」

「聽說七大劍派的人這幾天齊聚金陵，準有什麼武林大事。」

「中原武林不干咱們啥事兒，我們只管找那火琴。」音兒望著堆在暖閣裡的幾千具舊琴。「這些全都試過了嗎？」

須盡歡道：「四月間，『箭神』文載道找到了『后羿神弓』，竟是一把玩具似的破爛舊弓，所以『祝融火琴』應該也是一具老舊不堪、毫不起眼的爛琴，可我收購了這麼多，還未見成果，恐怕還得耗上一些時日，可主公那邊急著要……」

「相柳大叔，我爹在『安南』那邊的事態很緊急嗎？」

這個天下第一富豪須盡歡，竟是史上惡名昭彰的怪物「相柳」！

他是水神「共工」的臣子，真身是一條有著九顆人頭的大青蛇，所經之處，大地都會塌陷爲沼澤，水質又腥又苦，人畜都無法生存。

相柳道：「主公『共工』在安南輔佐李公蘊，這個月才剛剛推翻了『黎朝』，建立『李朝』，國號『大瞿越』，而西北的大理『段氏』、東北的廣南西路『儂氏』，都虎視眈眈，所以主公命我加緊尋找火琴，以對抗這兩個強鄰，而後再進攻中原！」

兒兒低頭沉吟一會兒，自我解嘲的一笑：「我是水神共工的女兒，卻一直在尋找火神祝融的後裔，可真是一大鬧劇！」

三國爭琴

忽然，窗外的陽光暗了下來，明明是正午時分，怎麼變成了夕陽斜暉？

相柳道：「大小姐留神，點子來了。」

兩人緩緩步出暖閣，一名黃衣漢子站在庭院當中，金髮、火眼、扁鼻與一張極爲誇張的血盆大口。

相柳笑道：「原來是『夕陽使者』駕到，現在才午時三刻，你不會出現得太早了一點嗎？」

夕陽使者哼道：「要命的時刻，不分早晚。」

相柳哈哈大笑：「怪不得你嘴巴生得特別大，真會說大話。」

音兒冷哼一聲，道：「你的八個哥哥怎麼沒來？難道還在西山下睡覺？」

她這話可陰損，因為旭陽、朝陽、明陽、豔陽、正陽、烈陽、輕陽、斜陽、夕陽等九名太陽使者在五月間被「箭神」文載道射落了八個，現在只餘他一人而已。

夕陽使者一聽她掀痛處，果然震怒如狂，一招「夕陽西沉」就朝音兒打了過來。

「太陽神掌」共有九招，九名太陽使者都僅專攻一招，其中就以這招「夕陽西沉」最為陰狠歹毒，發出的光芒雖不強烈，但只要被餤尾掃中，必死無疑。

音兒嗤笑：「這種功夫也好拿來獻醜？」雙掌一揚，噴出兩股水氣。

水澆淋上光餤，發出蒸氣，自將夕陽使者的掌力化解於無形。

相柳笑道：「大小姐，您的功夫又長進了許多。」

音兒得到水神共工的真傳，一身「水漫天」的真氣已屬拔尖。

夕陽使者剛才見她是個小丫頭，懷了輕敵之心，不料竟被她輕鬆化解，這下子可火了，聚足全身火力催噴過來。

相柳驚道：「大小姐，快讓開！」雙掌齊出，擋住了這一擊。

音兒只被餤尾稍稍拂過，臉上便辣辣生疼，暗忖：「這夕陽使者還真有一套。」

驟聞兩聲「阿彌陀佛」彷彿發自穹頂，緊接著就見一高一矮兩名老和尚出現在庭院中。

他們的身上各掛著五個骷髏頭，以及六個由人骨做成的飾物，顯得既詭祕又恐怖。

相柳面色頓轉凝重，沉聲道：「大理國『崇聖寺』的二位上師也來了？敝小宅恐怕招待不起這許多大貴客。」

崇聖寺是大理國規模最大、地位最高的佛寺，被尊為「佛都」，許多大理皇族在此出家為僧，這兩個和尚既被稱為「上師」，可見來頭必定驚人。

矮和尚皺眉：「你是天下第一富豪，此許酒肉也請不起？」

高和尚撇嘴：「我們的胃口又不大，一餐只需六斤牛肉，三罈燒刀子。」

夕陽使者哼道：「段思酒、段思肉，你們也想來跟我爭奪火琴？」

音兒悄聲問著：「那兩個和尚名叫思酒、思肉？倒真新鮮。」

相柳道：「大理國的佛教屬於『阿闍黎』教派，可以食肉飲酒，女性信徒在結婚之前還要與開導自己的『上師』過一段夫妻生活，所以也沒有色戒。」又道：「大理國君段素英今年駕鶴西歸，由太子段素廉繼位，酒、肉是『思』字輩的，輩分極高，算是國君的曾叔祖。」

「既是大理段氏的皇族，為何跑去當和尚？」

「段氏崇敬佛教，已有多位國君禪位為僧。」

音兒便大聲道：「喂，那兩個酒肉和尚，屋裡還有一大鍋我沒吃完的蹄膀，要不要幫我吃完它？至於酒呢，我們多得很，你們若喜歡喝最便宜的燒刀子，我們當然不反對，省一文是一文嘛，這年頭賺錢不容易啊。」

段思酒、段思肉見她這副沒大沒小的樣子，心裡有氣：「小丫頭，妳不崇佛奉道也就罷了，怎麼連敬老尊賢也不懂？」

音兒哇啦哇啦的說：「老當然該敬，但我又不曉得你們有多老？你們光著一顆頭，可又不是禿掉的，所以我猜不出來你們有多老，你們又要喝酒又要吃肉，想必不會很老；至於尊賢嘛，什麼叫賢？去查查《說文解字》，賢是什麼意思？你們明明是來搶東西的，還敢稱什麼賢？我看哪，一盆餵豬的鹹菜罷咧！再看看你們身上還掛著那麼多骷髏頭，怪嚇人的，根本就是妖魔鬼怪的同伙。」

一串話弄得段思酒、段思肉耳裡叮叮咚咚盡是回音，好不煩躁，怒喝道：「小丫頭，妳閉嘴！」

相柳屬聲：「這位是我家大小姐，你們給我放尊重點。」

高和尚段思酒陰森森的說：「那那主子在大氂越為虎作倀，滅了一向與我們大理和睦相處的黎朝，我們遲早要攻入交阯，把你們那什麼李朝勦得片甲不留。」

矮和尚段思肉笑道：「你們如若識相知機，就快把祝融火琴交出來，否則第一個被勦

滅的就是這座豪奢無比的『須家莊』。」

夕陽使者在另一邊冷哼哼道：「你們別在那兒胡吹大氣，有我在，火琴豈有你們的分兒？」

段思肉哼道：「我說是誰，原來是廣南西路的土豪儂全福找來的打手。誰不知儂氏早就覷覦我大理，奪得了火琴就來對付咱們，今日豈會讓你得手？」

音兒尋思道：「南方的情況真複雜，大瞿越、大理跟什麼儂氏，上演三國戲碼呢。」

又聽段思酒呸道：「就算你們九兄弟來齊了，我們也不放在眼裡，更別說你區區一個夕陽使者，能奈我何？」

夕陽使者何曾被人如此蔑視，聚起全身真力就待出手。

音兒一轉身，把崔吹風的那具琴拿了出來，放在院中的石桌上：「快快快，你們快打一架！琴就在這裡，誰有本事誰拿去。」

段思酒、段思肉互看一眼，身形同時晃動，但並沒攻向夕陽使者，而是衝向石桌上的琴。

相柳笑道：「二位上師同時光臨，在下怎能不好好招待？」雙掌一錯，兩股漩渦般的掌力捲向對方。

相柳雖是共工最寵信的大將，但共工並未把「水漫天」的功夫傳給他，相柳本身是條

大蛇，自行練就了一種極黏極纏的「千旋萬轉掌」，若被他捲住，決難脫身。

音兒叫道：「那個愛吃肉的讓給我。」抖擻精神加入戰團，催動「水漫天」功力，使得滿院都是水氣。時值嚴冬，水氣一下子就結成了霜，更加冷徹骨髓。

段思酒、段思肉一甩手，掛在身上的五顆骷髏頭連環擊出，原來這些頭骨都有鐵線串連，並經過特殊藥水浸泡，成了傷人利器。

夕陽使者見他們打得興起，便起了點不良之心，悄悄挨近石桌，伸手抓住那琴，卻只覺一盆冰冷水氣當頭澆下，原來音兒早就在注意他了：「這幾天怎麼老是碰到小毛賊啊？」

夕陽使者琴既已得手，哪肯放開？回身就是一招「夕陽西沉」，逼得音兒不得不後退，人就想往牆外竄去。

段思肉怒道：「我最痛恨偷雞摸狗的人！」五顆骷髏頭連串打去，段思肉也撲向他後背；相柳則守在圍牆邊上，飛鳥也休想飛得出去。

夕陽使者暗犯嘀咕：「眞是偷雞不著蝕把米，弄得四個人一起打我。」當下覺得這琴眞是個燙手山芋，便把琴往段思肉丟去。

阿闍黎教派崇奉「大黑天」，即是憤怒觀音的化身，五顆骷髏象徵「五智」，威力驚人。

音兒、相柳不敢輕敵，凝神應戰，偌大的庭院裡充滿了激盪的氣流。

段思肉接住了琴，大喜過望。

其他四人出於直覺反應，又一起攻了過來。

段思肉大叫：「酒兒，怎麼連你也打我？」

段思酒這才發覺不對，連忙住手。

段思肉已不願抱著這個麻煩的東西，隨手一丟，恰正丟還給了音兒。

音兒笑道：「怎麼，你們都不想要啦？」

段思酒、段思肉與夕陽使者一轉念，畢竟不捨，又攻了過來。

不料，音兒竟把琴一舉，迎向他們猛烈的攻勢。

只聞一陣「錚錚」亂響，那琴早被打得稀巴爛！

音兒將手裡剩下的破琴一扔：「誰想要，誰就拿走唄。」回身走入暖閣。

那三人楞呆在當場，久久不得言語。

水火不容

音兒坐在桌前，把那蹄膀吃得差不多了，相柳才進來。

「他們終於走了？」

「走啦，要不還能幹嘛？」相柳有點意見。「大小姐，其實我們要打敗他們並不難，

七六

何必毀了那琴？」

音兒笑道：「這些琴長得都一個樣子，我隨便拿了一具，反正他們也認不出來。」從桌底取出崔吹風原來的琴。「這琴雖然好像沒什麼用，但還是交給大叔保管好。」打了個飽嗝兒，一抹嘴巴，站起就走。

相柳忙道：「大小姐還會去見那崔吹風嗎？」

「當然……」音兒的臉沒來由的一紅，申辯似的說：「我想來想去，崔吹風什麼樂器都會，所以不一定是祝融的後裔……欸，但也不無可能，所以我要去盯緊他。」

相柳有點顧忌的道：「當年火神祝融打敗了水神共工，咳，主公視這一戰為奇恥大辱，氣得撞倒了西方的支柱『不周山』，大地為之傾斜、天河之水注入世間……」

「大叔，你到底想說什麼？」

「主公在十多萬年之後才有了妳，妳是水神唯一的傳人，所以一定要記住兩家世仇，水火本就不相容，如果最後發現崔吹風是火神的後代，兒女私情可要放在一邊。」

一句話說中音兒心底的糾結，她勉強點了點頭：「這我知道……我走啦。」

劍怪的遭遇

崔吹風焦急的坐在客棧外，從中午等到傍晚。

他不知那洗碗的丫頭又捅出了什麼紕漏，一邊替她擔心，一邊又像失落了最珍貴的寶物，胸中亂得發麻。

音兒遠遠走來，看見他那模樣，心頭頓時浮起一陣暖意。她提著食籃快步走到他身邊：「喂！」

崔吹風見她平安無恙，喜形於色：「他們沒把妳怎麼樣吧？」

「他們認錯了人，以為我是騙子，後來我提了很多很多的證據，證明我不是那個人，他們就一疊聲的跟我道歉，道歉了好久好久，我就說：『沒關係啦，給我燉一隻特肥特肥的大蹄膀，我就不跟你們計較。』」

「啊？妳喜歡吃蹄膀？不怕變胖嗎？」

音兒靠得很近的坐在崔吹風身邊，拿出提籃裡的食物：「我吃了個痛快，還叫他們準備了幾樣大菜，帶回來給你吃。呃，你吃過晚飯了嗎？」

「沒咧，一直在等妳。」

崔吹風見她一張小臉漲得通紅，可愛極了，心裡發一陣慌，結巴著：「唉，沒了妳的嘮叨，總覺得少了些什麼……」聲音更小。

音兒心頭狂跳，又羞又喜，聲音也變小了：「你為什麼要等我？」

「你喜歡聽我嘮叨？」

七八

「欸，喜歡……欸，不是很喜歡……欸，是有一點點喜歡……」更結巴。

兩人互相凝視著，愈靠愈近……

偏偏就在這時候，「劍怪」程宗咬從客棧裡走了出來：「嘩，哪裡來的大菜？讓我吃兩口。」

音兒怒道：「那天我沒吃你的窩窩頭，今天你也別想吃我的大菜。」

程宗咬涎著臉道：「小丫頭，我小氣成性，妳別跟我學，習慣要學好的，別學壞的。」

崔吹風道：「程大叔，想吃就吃唄。」

程宗咬擠在崔吹風身旁，咂咂咂的吃得過癮，邊道：「我在外遊蕩了幾年，把很多重要的事情都忘了……」

「你還會有什麼重要的事情？胡掰兩個窩窩頭就混過了一天，日子過得窩窩囊囊，江湖混得顛顛倒倒，人生過得迷迷糊糊……」

「妳說得一點都沒錯。」程宗咬很高興。「這才是做人的最高境界！」繼而又一垮臉。

「可我竟忘了明天就是『十年磨劍大會』，師父一定很不高興。」

音兒怪問：「磨劍大會？十年磨劍大會？」

崔吹風道：「是賈島的那首詩吧？十年磨一劍，霜刃未曾試……」

程宗咬唉道：「那是七大劍派十年一次的比劍大會，今年正好在金陵舉辦，幸虧我們

誤打誤撞的都來了，要不然可要被大家罵到臭頭。」

崔吹風道：「那個項……呃，項大俠，也是七大劍派中人？」

「對啊，他十年前剛出道，就碰上了磨劍大會，在那次大會上六戰六勝，成了『劍王之王』。」

「那你呢？」音兒問。「是上上屆的『劍王之王』？」

程宗咬大笑：「我哪有那個資格？」

「咦，你不是武林三大劍客之一嗎？」

「我啊，我本名叫作程財興，我爹是雜貨店老闆。我從小書也念不好、田也不會耕、帳也不會算、幹什麼都不行，全村人都叫我『垃圾程』。四十四歲那年，我發了個狠，跑去『青城山』拜師習劍，掌門人『傀儡生』把我轟出去十七次，我仍爬了回去，最後鬧得他沒法，只得派我去伙房當個火工道人……」

音兒有點不可思議：「你四十四歲才開始學劍？你今年幾歲？」

「正好六十。」

「學劍學了十六年，有這成就也不差了。」

程宗咬乾咳了幾聲道：「沒咧。」

音兒摸不著頭腦：「沒咧是什麼意思？」

程宗咬不想再說，正好「拂風擺柳」江尚清與「鐵拳」霍連奇從客棧內走了出來，聽見了這番話語，江尚清便添補著說：「程大俠在青城山當了十三年的伙伕，根本沒人教他什麼劍法，有一天，峨嵋派的『四大金剛』上山挑釁，青城派那時正值青黃不接，門下弟子無人能敵，掌門人傀儡生正要親自出馬，卻見程大俠灰頭土臉的提著一根廚房裡的柴火棒跑了過來，二話不說，只用了十招，就讓四大金剛統統趴下了……」

霍連奇撫掌大笑：「這個糟老頭兒竟然在廚房裡無師自通的盡得劍術精髓？」

「後來，傀儡生想把青城派的鎮派之寶『干將』寶劍交給他，他居然不要，總是提著根爛木棍到處亂跑。追究起來，除了獨戰峨嵋四大金剛之外，他也沒什麼值得誇耀的戰績，但他的名聲仍不脛而走，竟與其他兩個百戰百勝的劍客齊名。」江尚清說得不無醋意。

音兒笑道：「你是說他瞎眼的？」

程宗咬唉了一聲：「我這一輩子不都是瞎眼胡混？」

江尚清道：「程兄，我直到今天還搞不清楚你是如何辦到的？」

程宗咬頓了半天，不時瞟著江尚清，然後才勉強說著：「四年前的某一天，我下山採辦物品，在『灌縣』遇見了中原五兇的大隊人馬……」

霍連奇哼道：「又是中原五兇！」

江尚清面色凝重：「你沒吃著苦頭吧？」

程宗咬苦笑著說：「那老五出林狼真不像話，居然想搶我買鍋碗瓢盆的錢⋯⋯」

音兒搶道：「那你一定把他們殺得很慘囉？」

「沒咧。」

「怎麼又沒咧？」

程宗咬一苦臉：「因為那時我還不懂什麼劍術、武功，比青城山上的三歲娃兒還不如。」

眾人都一怔：「你直到四年前都還不懂劍術？」

程宗咬續道：「出林狼的手下搶了我的錢還不夠，還想殺我，老四翻山豹倒挺不錯的，出言制止他們，他們便把我一推，我一頭撞在地下，量了過去⋯⋯總之，撿回了一條命。怪的是，自從那一摔之後，我就像開了竅，只要站在旁邊看著師父帶領師兄弟練劍、練功，我就心領神會，不到一年的功夫，就把青城劍法統統學全了，而且內力突飛猛進，居然成了青城第一高手。」

音兒笑道：「哇，摔一跤這麼好，我也要多摔幾跤。」

程宗咬又望著江尚清：「明天你也會去參加大會吧？」

所謂七大劍派乃是雁蕩、青城、王屋、峨嵋、華山、羅浮與終南，江尚清為「峨嵋三劍」之首，自然該當與會。

江尚清苦笑道：「這幾年我一心尋找神弓、長琴，早就忘了這回事……」

正說間，項宗羽從外面回來了，板著一張臉，誰都不想理的樣子，大家便都不願自討

沒趣。

江尚清一拉霍連奇：「走，吃飯去。」

程宗咬兀自望著江尚清的背影，乾咳不已。

音兒見項宗羽進去了，悄聲道：「他是上一屆的『劍王之王』，這一屆會去衛冕嗎？」

程宗咬也小聲說：「我已經問過他了，他一點興趣都沒有，根本不想參加。」

崔吹風道：「恐怕是因為他有罪在身，不願意拖累大家。」

音兒道：「這大會挺有意思的，明天你可要帶我們去見識見識。」

程宗咬涎笑道：「那我可以放心吃妳的大菜了？」

「儘管吃。」

程宗咬高興的唔呶著：「武林三大劍客還有一個王屋派的『劍神』呂宗布，他現在已

經成了『高麗國』的駙馬，不知會不會來？」

琴不離身

翌日一早，程宗咬帶著崔吹風與音兒走向城外的「鍾山」。

恰好經過一間樂器行，崔吹風便止了步，滿心溫暖的撫摸著店裡的各種樂器。

音兒試探著問：「你會想念原先的那把琴嗎？」

「我想念所有的琴，彈過的、沒彈過的。」崔吹風挑了一具三兩銀子的琴抱在懷裡，身體朝崔吹風活似抱了一個嬰兒。

音兒心想：「再問也問不出個道理，他實在不像跟祝融有什麼關係。」

依偎得更近了。

十年磨劍大會

鍾山的山勢拔地而起，狀似盤屈的巨龍，山坡有紫色的頁岩裸露在外，在陽光的照耀下散發出紫金色的光芒，故而又名「紫金山」。

山頂有片空地，四周巨岩拱衛，松柏環繞，甚是清幽雅靜。

程宗咬等人走上這片空地，大部分的與會者都已到來，高高矮矮約有六十餘人。

程宗咬快步走到一名身穿黑衣、目光精悍的道長面前，行了個大禮：「師父，好久不見……」

此人便是青城派的掌門人傀儡生。

音兒暗道：「這對師徒倒絕，師父才五十左右，徒弟卻已經六十歲了。」

傀儡生頗為無奈的瞪了程宗咬一眼：「我還以為你到處亂跑，忘記了呢。」

程宗咬乾笑道：「確實是忘記了，反正我又不想跟人比劍。」

傀儡生道：「好啦好啦，站到一邊去。」顯然對這個比自己老得多的徒弟，一點辦法都沒有。

程宗咬抹著滿頭汗珠，躲回崔吹風、音兒身邊：「還好沒被師父罵。」

崔吹風問道：「項大俠的師父是哪一位？」

程宗咬一指站在山頂西側的白衣道士，正一派悠閒的遠眺著金陵城內街景，長髯飄動，意態自如。「那就是雁蕩派的掌門『逍遙子』。」

音兒道：「他果然挺逍遙的。」

忽聞山頭北邊起了一陣吵鬧之聲，是「拂風擺柳」江尚清與一個熊般粗壯的大漢不知在爭執什麼，江尚清瘦削的身軀站在那大漢面前煞是可笑。

音兒怪問：「劍客的體型都比較靈活，哪有他這麼大塊頭？」

程宗咬道：「那人是華山派的掌門『破天劍』班魯，他的闊背大劍就跟斧頭差不多。」

程宗咬蹭過去一聽，原來是江尚清把「鐵拳」霍連奇帶上山來參觀大會，使得華山派大為不滿。

江尚清振振有辭：「從來就沒有外人不得觀戰的規矩，班掌門何必如此大驚小怪？」

「你這後生小輩，懂什麼規矩？」班魯喝道：「叫你師父來跟我說話！」

峨嵋掌門「金頂仙」是個大胖子，早就躺在一塊大石上睡著了。

江尚清、班魯還想再爭，一個蒼老的聲音道：「來者都是貴賓，不得拒斥。」

發話者是王屋派的掌門人賀蘭棲眞，他今年已經一百一十二歲，理所當然的成爲大會的主持人。

音兒笑道：「老爺爺才眞有大家風範，不像那些小鼻子、小眼睛的傢伙，躲躲藏藏、忸忸怩怩、畏首畏尾、怕東怕西。」

班魯被她罵得又想翻臉，崔吹風忙把音兒拖到一邊：「妳別惹麻煩了。」

各派人馬這才注意到崔吹風與音兒，俱皆心忖：「這兩個後生跑來幹嘛？」

賀蘭棲眞眼見該當與會者都已到齊，便站到中央，一開口便有驚人之語：「老朽應該活不過今年了……」

在場衆人全都楞了一下，而後大聲道：「賀蘭掌門，快別這麼說，你還有許多年的陽壽呢。」

有幾個比較熟識之人早已發現他臉上的神采不若以往那般精燦，紅潤的臉色也黯淡了下來。

賀蘭棲眞豁達的笑道：「你們不必安慰我，我今天說這話的目的是，我覺得『十年磨

劍大會」確實有互相切磋劍技的功用，然而每一屆都要產生一個『劍王之王』，則似乎沒有必要。」

大家都皺起了眉頭。

羅浮派的掌門人「陰陽子」一臉陰陽怪氣，尖著嗓門道：「比劍大會的冠軍贏得『劍王之王』的頭銜是從第一屆大會就定下的，這是先聖先賢立下的規矩，吾等後輩怎能不遵？」

賀蘭樓真感慨的說：「第一屆大會是在我四十二歲那年成立的，那時還是五代十國的後晉時期，今年是第八屆⋯⋯」

崔吹風忙扯了她一把，要她別多嘴。

音兒高叫：「老爺爺一定可以活到第十屆！不，第十一屆⋯⋯」

賀蘭樓真苦笑了一下：「我要說的是，我經歷過所有的大會，只看清了一件事——每一屆的『劍王之王』都沒有好下場！」

逍遙子想起自己最得意的門生項宗羽，如今竟落得重罪纏身，不禁黯然。

終南派的掌門人「臥雲客」大聲道：「這可不是理由，贏得了『劍王之王』，就自以為天下無敵，結果卻慘遭橫死，這是個人修養的問題。」

青城掌門傀儡生道：「不然。贏得頭銜的人往往會受到許多無聊劍客的挑戰，而被弄

得疲於奔命，甚至遭到暗算，以至於死於非命！就我所知，第一屆的史鐸、第三屆的江琥、第四屆的展一柏、第五屆的錢夢溪都是被小人暗算；第二屆的辛純一與第六屆的晏中書雖死於正式的挑戰，但未始不是因為太過勞累的緣故。」他刻意不提第七屆的項宗羽，免得橫生枝節。

程宗咬鼓掌道：「我贊成師父的說法，這頭銜就是個惹禍的根由。」

臥雲客怒道：「你們青城派從來就沒有人得過『劍王之王』，當然不懂得珍惜這榮銜。」

程宗咬笑道：「你們終南派也沒得過啊。」

臥雲客把頭一揚：「這一屆我們志在必得！」

峨嵋掌門金頂仙這會兒可睡醒了，伸著懶腰道：「大家都曉得終南派最近幾年出了個後起之秀，很想在這次大會上出出鋒頭。」

大家便都把眼光投向站在臥雲客背後的年輕劍客，此人名喚「必殺劍」宋終，腦後見腮，滿臉煞氣。

程宗咬打了個呵欠：「想出鋒頭，就讓他出唄，反正我是不跟人比劍的。」

傀儡生哼道：「你這老頭子，大概也沒人想挑戰你吧？」

程宗咬乾笑道：「師父，我只怕你找我比呢。」

眾人見這對幼師老徒鬥嘴，都笑在肚子裡。

宋終大刺刺的走到場中央，向四方一禮：「請教各派高招。」

金頂仙望著江尚清道：「好徒兒，你比不比？」

江尚清搖頭道：「這幾年我忙得很，沒空修習劍術，就跟人比也比不過。」

華山派的「破天劍」班魯心中雖想派人出陣，卻又不敢，因為華山派下最精英的「華山七劍」於九月間攻打「百惡谷」，折損殆盡，只剩得「山羊」鈕建行與「山狐狸」衛沖兩人，都扛不起大樑。

羅浮派近年來人才凋零，前來與會只是充數；雁蕩派的項宗羽直到現在還未現身，便只剩下王屋一派。

宋終的眼光也一直盯向王屋派這邊，賀蘭樓真還未及反應，已聽他背後一個聲音道：

「這麼說，終南派就是衝著我來的？」

緊接著閃出一人，年約二十二、三，劍眉星目，鼻樑挺拔，英俊得很，若說有缺點，便是不經意間流瀉出來的傲氣。

「劍神」呂宗布！

在武林三大劍客之中，呂宗布年紀最輕，成名卻早，他六歲拜入王屋派習劍，得到賀蘭樓真的賞識，將鎮派之寶「太阿劍」交給了他。十八歲出道至今，挑翻過華山派，橫掃

過伏牛寨，席捲過飛龍堡，未曾有敗績。今年五月間，與「箭神」文載道、莫奈何等人大戰太陽使者，解救了高麗國被十個太陽烤焦的厄運，並成為高麗國的駙馬。

宋絡冷笑道：「在下此次前來，主要的目標便是什麼武林三大劍客，在我眼裡，不過是浪得虛名之輩。」

他這話一出，各派中人就知今日必有一場惡戰，便都提起精神，靜觀場中變化。

音兒對崔吹風道：「他們要打架了，你要不要給他們伴奏一下？」

崔吹風低聲：「妳別添亂。」

場邊有座劍架，呂宗布隨手拿起一柄木劍：「就請宋少俠賜教。」

宋絡「嗆」地拔出佩劍：「用什麼木劍？咱們手底下見真章！」

呂宗布淡淡一笑：「我用這劍就可以了。」

宋絡暗怒於心，出手就是殺著，一劍刺向呂宗布咽喉。

呂宗布只一偏身，就讓過了劍鋒，手中木劍微微一抖，宋絡趕緊往後跳開，呂宗布卻未出手。

金頂仙打了個呵欠，喃喃道：「只是抖了一下，怕什麼？」

宋絡老大沒面子，又振劍攻上。他號稱「必殺劍」，自然有非凡的造詣，這一次含忿

終南派的弟子齊地變色。「如此托大？宋絡，給他好看！」

出手，七劍連環，志在必殺。

呂宗布凝神定目，木劍往前一遞，貼住了宋終的劍脊，竟似磁鐵黏在了生鐵之上，再也分拆不開。

王屋派劍法以黏、纏、轉、旋為主，施展開來就宛若一個大漩渦、一張大蜘蛛網，將對手漸漸纏緊、慢慢綑殺。

宋終的劍雖鋒利，但根本削不著呂宗布的木劍，反被呂宗布帶著走，呂宗布後退，他便後退，呂宗布打橫，他便也打橫，活像一具受人控制的懸絲傀儡。

青城掌門傀儡生笑道：「怎麼有人想來搶我名頭？」

宋終怒極，拚盡全力往後抽劍，想要脫出呂宗布的引力，不料他往後一抽，呂宗布木劍上的引力竟突然沒了，宋終往後便倒，摔了個四仰八叉。

各派弟子放聲大笑，宋終羞憤難當的躲入終南派的陣營之中。

程宗咬笑道：「呂老弟，你如今已是駙馬爺，不在高麗享福，跑來做什？」

呂宗布環顧全場，傲氣自露：「在下並不想爭奪『劍王之王』的榮銜，只想與項大俠一戰！」

他倆於四月間曾經在洛陽會過一次面，當時呂宗布就提出了挑戰的要求，但項宗羽大仇未報，不想做無謂的爭鬥，託詞離去，呂宗布一直認為他藐視自己，耿耿於懷。

雁蕩派掌門逍遙子淡淡道：「我那徒兒今日未來，呂少俠的希望可要落空了。」

華山掌門班魯唯恐天下不亂的大聲道：「我們都看見項宗羽已經來到了金陵城內，他不敢上山參加大會，莫非是想當縮頭烏龜？」

「烏龜也罷，英雄也好，有何差別？」逍遙子毫不動怒。

終南掌門臥雲客因宋終輸得難看，想藉項宗羽之手修理呂宗布，便也高聲道：「我知道項大俠住在哪間客棧，要不要我派弟子去請？」

逍遙子見眾人如此起鬨，心知無法推卻，只得朝一名年長的弟子道：「去把你項師弟找來吧。」

火神祝融

趁著這空檔，各派人馬都坐在山頭略事休息。

「鐵拳」霍連奇三步一蹶的靠近賀蘭樓眞：「今日我不請自來，剛才還惹出了一些麻煩，希望老神仙別見怪。」

賀蘭樓眞笑道：「霍老弟，我們是老朋友了，何必還來這套？今年四月間我在洛陽與令嬡見了一面，眞是女中英傑。」

「我那閨女，嘿嘿……」霍連奇頗爲得意，繼而又一垮臉。「我已經三年多沒見到她

了。」

賀蘭樓真皺眉道：「那時聽說你在尋找后羿神弓，結果被別人拿走了，你還不回家是想做什？」

霍連奇猛搔頭皮：「這就是我今天上山的原因，並不是想看什麼磨劍大會，而是想跟您請教一下有關『祝融長琴』之謎。」

音兒一聽他們討論這問題，便豎起了耳朵；各派中人也有許多圍攏過來。

賀蘭樓真道：「我一到金陵就聽說天下第一富豪須盡歡正在大肆收購舊琴、爛琴，我就知道這個古老的傳說又開始發酵了。」

霍連奇忙道：「老神仙定然深知底蘊，我等洗耳恭聽。」

「這得先從天下第一奇書《山海經》開始說起。」賀蘭樓真清了清喉嚨。「《山海經》的作者並非一人，許多內容來自於遠古先民的口頭傳說，成書的年代也無法考證，大約是在戰國初年至漢朝初年。它記載了許多遠古時代的神話與各種怪獸、怪鳥、怪植物，又包括了巫術、宗教、歷史、地理、礦物、醫藥、各地風俗、各國風情與各民族的起源等等。其中最完備的就是對於崑崙眾神的描述……」

羅浮派掌門陰陽子哼道：「什麼崑崙眾神，根本胡說八道！」

呂宗布今年經歷過許多神怪之事，冷笑著說：「不信者恆不信，只是將來別後悔。」

賀蘭棲眞自顧自的往下說：「《山海經》的〈海外南經〉中記載，祝融獸身人面，騎著兩條龍，乃崑崙眾神之一，主管南方；〈大荒西經〉中則說祝融是黃帝的後代，顓頊生老童，老童生祝融，祝融生太子『長琴』，長琴則創造了音樂。後人由此衍生出許多想像，說長琴留下了一把琴，一彈就會發大火，這就是火琴傳說的由來。」

崔吹風聽得心頭猛然一震：「音樂竟是由火神的兒子發明的？這可奇了，火神的音樂該當火辣辣、熱騰騰，為何現今的音樂都是死板板、沉悶悶？」

賀蘭棲眞續道：「但是〈海內經〉中卻說，祝融為炎帝的後代，住在江邊，生出了水神『共工』……」

陰陽子又插嘴：「火神生水神？可見胡說八道的程度還不只一般。」

賀蘭棲眞不理他，又道：「在這篇記載裡，共工變成了祝融的兒子、長琴的兄弟，而且是炎帝的後代子孫鼓、延二人，創造了鐘與樂曲……」

霍連奇皺眉：「黃帝、炎帝是兩個不同的帝系，後來還大戰了一場，炎帝敗退，祝融怎麼會跟兩個陣營都有血緣關係呢？」

賀蘭棲眞笑道：「我剛剛說過，《山海經》的作者並非一人，傳說的來源也不同，所以常會自相矛盾。更有可能的是，這兩個祝融是完全不同的人，因為祝融後來被當成了官名，也就是管理天下用火技術的『火正』。須知先民們用火必須極為小心謹慎，城鎮皆為

木造房屋，毗鄰相連，一家失火，千家遭殃，所以必得嚴加管束。」

霍連奇道：「如此說來，祝融是防火之官，而非引發火災的罪魁禍首。」

「沒錯。最古老的《山海經》並未將祝融記載為火神，後來則都是因為防火之官被訛成了放火之犯。」賀蘭樓真一笑。「近代人總愛形容火災是祝融肆虐，不如說是祝融瀆職、祝融偷懶。」

崔吹風聽得入神，愈站愈近，發問道：「依老爺爺所說，《山海經》裡的祝融有三個，一個是崑崙山上的大神、一個是黃帝的後代、一個是炎帝的後代。發明音樂的『長琴太子』如果是黃帝的後代，便只是一個凡人，怎會持有能夠引發大火的火琴？」

賀蘭樓真道：「如果火琴的傳說是真的，長琴太子就應該是崑崙眾神中的那個祝融的後裔。」

霍連奇用力點頭：「當然當然！火琴如此神奇，凡人哪裡造得出來，必是大神的後代所造。」

崔吹風雖聽得津津有味，心中卻不盡信：「這些神奇古怪，不可能是真的吧？」

陰陽子又道：「什麼見了鬼的長琴、火琴？世上如果真有這種琴，我們還需要練劍嗎？國家還需要養兵嗎？火琴一彈，什麼事情都解決了，真正胡說八道至極！」

音兒大聲道：「當年諸葛亮唱空城計，一個人坐在城樓上彈琴，司馬懿率領大軍殺來，

不但不敢進城，反而自行敗退，你可知道爲什麼？就是因爲諸葛亮彈的是火琴，那火琴一

彈，天火燒將下來，把司馬懿的鬍子都燒焦了，連忙大叫：退兵！退兵！」

眾人聽得哈哈大笑，霍連奇鼓掌道：「小丫頭真有見地，厲害得很哪！」

賀蘭棲真笑道：「從前聽到諸葛亮唱空城計的故事，總覺得有點匪夷所思，今日經過

姑娘這麼一開示，倒也不是全無可能。」

峨嵋掌門金頂仙咧開胖嘴笑道：「司馬懿一面逃，一面還喃喃不休：世上怎會有如此

怪事？簡直胡說八道！胡說八道！」

眾人愈發大笑不已，弄得陰陽子的臉上一陣青一陣白，好不氣憤尷尬。

等到笑聲稍歇，青城掌門傀儡生才問道：「賀蘭掌門剛剛提及水神共工是炎帝世系，

究竟確也不確？」

「這也應該是同名之累，水神怎會是凡人之後？但共工的資歷較淺，並非崑崙眾神之

一，傳說他性情兇暴，野心勃勃，人面、蛇身、朱髮……」

陰陽子又冷笑著說：「好醜的妖怪！」

音兒聽他居然罵起自己的父親，當然氣壞了，大聲道：「說到醜，可沒有絕對的標準，

有些地方的人就認爲紅頭髮、綠眼睛的人最漂亮；有些地方的人認爲脖子愈長愈漂亮；有

些地方呢，就喜歡眼睛細細長長的……」

霍連奇鼓掌道：「小丫頭說得真好！我就認爲妳那瞇瞇眼漂亮得很。」

眾人大笑。

音兒嬌嗔的瞪了他一眼，續道：「我的重點是，甜酸苦辣各有所好，以一個人的外表去判斷美醜，是最膚淺的人才會做的事。」

金頂仙笑道：「沒錯，很多美女就喜歡我這種胖子。」

傀儡生道：「依姑娘之見，美醜該如何判別呢？」

音兒道：「當然是要看一個人的心醜不醜，心如果醜了，再美也沒用。你們一定又要問啦，心醜不醜，怎麼看得出來呢？我的看法很簡單，就是要看他的嘴醜不醜，一個嘴醜的人，心一定醜，就像有些人啊，別人說的話都是胡說八道，卻不知自己說的話比放屁還臭。」

她這番話擺明了就在罵陰陽子，陰陽子被她搶白得一楞一楞，一句話也答不出來。

羅浮派的弟子齊聲怒叱：「臭丫頭，滿嘴胡說八道……」

他們一罵到這裡，又一起住嘴，更顯得他們羅浮派全都是說話比放屁還臭的人。

陰陽子受不了這等羞辱，暴然衝前幾步，就想出手教訓那說話刻薄的小丫頭。

不料他才一動，峨嵋、雁蕩、青城的弟子全都圍了上來。「掌門人難道想欺負一個小女孩？」

陰陽子訕笑著還沒來得及說話，音兒已暗發「水漫天」的真力，一股大水不知從哪兒潑了下來，沒潑著其他人，只潑得陰陽子與羅浮派的弟子們滿身溼透。

陰陽子怪叫：「怎麼忽然下大雨了？」

餘人也覺得奇怪，紛紛仰頭看天。「根本沒雲，哪來的雨？」

音兒暗笑打跌。

誰才是真兇？

不提眾人在山頂上喧嚷紛亂，「拂風擺柳」江尚清卻躲到了一塊巨岩之後，望著山下發呆。

忽聽一個聲音在他背後說：「你知道我是誰了嗎？」

發話者是「劍怪」程宗咬。

江尚清苦笑道：「我真不知道你是誰，但你顯然已經知道我是誰了。」

程宗咬悠悠哉哉的坐在他身邊：「幾天前，咱們初次見面，我就大感意外！因為四年前我被中原五兇的小嘍囉們威脅的時候，就看見你也在大隊人馬裡頭，一副首領的模樣。現在四兇已死，只剩一個『裂地熊』，那就應該是你了。」

江尚清嘆了口氣：「年輕時物質慾望太重，受不了峨嵋山上的簡衣陋居、粗茶淡飯，

所以才加入了他們。後來我想跟他們拆夥，但人在江湖，想要脫身，豈是那麼容易？三年前我藉口尋找后羿神弓，總算離開了他們，不料還是被你認出來了。」

程宗羿咬笑道：「江湖上的傳聞都說裂地熊體格粗壯，當然沒人會想到是你。」

又一個聲音冷森森的在背後響起：「現在既然已經露餡了，就別想跑！」

來者正是「劍王之王」項宗羿。

江尚清又嘆了口氣，端坐不動，一副以待斃的模樣。

項宗羿拔出湛盧寶劍，就想朝他後頸斬落。

程宗羿咬起身攔住：「項家莊被屠是兩年多前的事，那時江尚清正在『夏侯寨』的地下挖洞，尋找后羿神弓，所以屠滅項家莊的事情，跟他完全無關……」

項宗羿厲聲道：「但他這些年來還是幹下了不少殺人越貨的勾當！」

「程兄，別說了，我罪有應得。」江尚清引頸束手。「項大俠，你動手吧。」

項宗羿的手開始顫抖，嘴唇都咬出了血，反而砍不下去。

程宗羿咬勸說著：「項老弟，中原五兇一幫子人已被你屠戮殆盡，你又已經殺了有龍紋刺青的主兇鬧天鷹，何不就此罷休？」

江尚清聞得此言，忍不住發話道：「我聽說項大俠一直在追殺臂有龍紋刺青的兇手，但我們那幫子人，身上有龍紋刺青的起碼有二十幾個……」

九九

項宗羽聞言，渾身一震。

江尚清續道：「以我對鬧天鷹的了解，他從來不會姦殺良家婦女，他不屑幹這種事。」

項宗羽再一次全身猛震，厲吼道：「你胡說！那他臨死前為何會承認？」

江尚清嘆道：「他是個典型的亡命之徒，既然逃不了一死，他就故意氣你，讓你一輩子都不舒坦。項大俠，你莫中了他的攻心之計。」

項宗羽結結實實的楞住了。

復仇之後的空虛

山頂上聚集在賀蘭樓真身邊的人潮已散，各自覓地休息。

逍遙子獨坐於一棵大樹下，項宗羽悄悄走近：「師父……」

「你來啦？」逍遙子淡淡道。「你可以不來，為何要來？」

項宗羽把湛盧寶劍連鞘遞給了師父，逍遙子頗覺意外。

項宗羽低垂著頭：「湛盧是仁者之劍，我不配擁有。」

逍遙子默默接過。

項宗羽又道：「弟子無能，仍未找到殺死阿煙的真兇。」

逍遙子輕嘆一口氣：「我已經說了多少次，不要把心思放在這上面。阿煙福薄，或許

來生另有福緣。」

項宗羽啞聲道：「我懷著仇恨活了這麼多年，濫殺了許多人，但我報仇之後反而覺得空虛，不曉得還活在這世上是要幹什麼？我一刻都平靜不下來，脾氣變得很暴躁，不管看見什麼人還是想殺……」

在追尋中原五兇的時候，他必須拚命維持理智，才能分析線索，追蹤兇手，而當真兇授首之後，他的理智便崩潰了，滿心裡只剩下還未發洩完畢的憤怒與狂暴。

現在又聽說，殺妻的真兇可能永遠都找不到，他更如同一隻被拋棄在荒原之中的小獸，茫然不知何從。

逍遙子同情的望著他：「這些年，你殺夠了嗎？」

項宗羽猛然抽泣起來，愈哭愈大聲，全身劇烈抽搐，哭得像個奶娃兒。

逍遙子輕撫他的頭，低聲喃喃：「哭吧，盡量的哭，就把自己當成一個剛出生的嬰兒。

你的人生才剛開始，往後還有許多值得努力的方向，明白嗎？」

掌門人的資格

當項宗羽出現在大家面前的時候，所有人都詫異了。

這個落魄潦倒狼狽的漢子，就是昔日風度翩翩的「劍王之王」？

終南掌門臥雲客心中雖嘀咕，仍不忘搧風弄火：「好了，當世最頂尖的劍客來了，呂

少俠，你的心願要達成了。」

羅浮派掌門陰陽子也跟著起鬨：「這絕對是當世最好看的決鬥！」

音兒哼道：「好看？人家打架是給你看的嗎？話本裡的掌門人都是胸懷大度、包容萬

物的世外高人，看到人家打架，就會上前先作一揖，然後和藹的說：『兩位仁兄請了，有

什麼大不了的事，必須以生死相拚呢？兩位看在我的薄面上，就此罷手吧。』這樣的人才

夠資格當掌門人……」

崔吹風趕忙摀住她的嘴，把她拖到一邊：「妳這小丫頭真不知好歹。」

項宗羽垂著頭走到呂宗布面前：「我本無顏參加這次大會。」從懷中掏出一塊小小的

金牌，正是「劍王之王」的表徵，遞了過去。「呂老弟，我不是你的對手，當今天下，『劍

王之王』的頭銜非你莫屬。」

呂宗布不接，頗為意外的略退兩步，怔怔望著項宗羽，不知如何反應。

陰陽子大叫：「『劍王之王』的榮銜是靠真本領贏來的，怎能私相授受？」

音兒雖已被崔吹風拖出老遠，仍扯著嗓門大聲道：「戲臺上最感動人心的戲碼都是英

雄惜英雄，秦叔寶與單雄信、關公與黃忠、張飛與嚴顏，對不對？英雄當然可以違抗將令，

不殺就是不殺，要放人就是要放人，只有小人才不同意這種行為……」

陰陽子、臥雲客氣得要命。「妳罵誰是小人？」

兩派人馬圍了過去，都想把一肚子的窩囊氣出在音兒頭上。

項宗羽面色倏冷，橫身攔在他們面前：「這小姑娘是我的朋友，誰都別想動她。」

音兒笑道：「耶，開始有大俠的樣子了。」

兩派人馬更惱火。「怎麼，你不敢與『劍神』交戰，倒以為我們好欺負？」

「必殺劍」宋終剛才連劍柄都還沒握暖，就沒頭沒腦的輸了一場，此刻自然想扳回一城，暗忖：「這項宗羽已經變成了個廢物，我現在殺了他，倒也可以揚個名、立個萬！」

二話不說的一連幾劍直刺項宗羽。

項宗羽已將寶劍還給師父，空著兩隻手，這一串連環快劍不顧武林規矩、江湖道義，可謂卑鄙至極，弄得項宗羽避無可避。

音兒實在看不下去，正想出手救援，突見一名軍官帶著幾名騎兵縱馬奔上山頂。「吾等奉丙知州之命，捉拿欽命要犯項宗羽，不相干的人統統讓開！」

官府這麼一出面，當然就沒人敢再繼續鬧下去了。

十面圍捕

項宗羽朝逍遙子行了一禮：「我早該去自首，但因近日心緒紛亂，竟然忘了。」

逍遙子點了點頭：「你去吧。」

一旁的崔吹風也才想起這事兒，叫道：「我跟你一起去。」

音兒大驚：「你發什麼瘋？自自由由的不好，非要去坐牢？」

崔吹風苦笑：「不是早就說過了？我總不能當一輩子的逃犯。」

項宗羽大步走向帶隊軍官，江尚清突然叫了聲：「項大俠！」招手要他過去，並拉著他走到逍遙子身邊，三人低聲嘀咕著。

那軍官不耐罵道：「還磨蹭什麼？可不要敬酒不吃吃罰酒。」

項宗羽再一次向師父行了拜別之禮，大步走往山下，崔吹風也跟在後面。

音兒在旁瞥見項宗羽跟江尚清談完之後，臉上本已平和的線條又變得異常獰厲，不由心忖：「這又怎麼啦？其中定有蹊蹺。」當即拉住崔吹風的手。「我再跟你走一遭。」

崔吹風心中既甜又苦：「音兒，妳就別跟著我折騰了。」

音兒的虎牙笑得閃亮，眼睛瞇得更細：「我早說過，你去哪兒我去哪兒。廢話少說，走！」

山頂眾人望著騎兵押著他們三人走了，頗覺觸霉頭，都道：「散了、散了，回家！」

陰陽子喳喳呼呼：「下次的大會索性也別辦了。」

大家意興闌珊的步下山來，山路盡頭竟橫列著一隊士兵，旗幟鮮明，盔甲閃亮，戈矛

如林，一副如臨大敵的陣勢。

傀儡生皺眉道：「擺出這等陣仗，卻是為何？」

先前的那名騎兵軍官縱馬出陣，厲聲道：「丙知州派出三千精兵，已圍住了整座鍾山，你們哪裡也別想去。」

七大劍派中人俱皆大驚。「我們犯了什麼罪？」

「非法聚會、聚眾鬥毆……總之，罪名不下三十條。識相者束手就擒，若敢抗拒，格殺毋論！」

華山掌門班魯大叫：「那個狗知州想把我們一網打盡，不怕老子殺了他？」

華山門人最為魯莽，華山七劍中僅存的「山羊」鈕建行、「山狐狸」衛沖率領著其餘弟子就往前衝。

弓兵們立馬一陣亂箭射來，劍客們劍術再高也抵敵不住，慌忙退後了數十丈。

賀蘭棲真喝道：「大家先別動手，暫且退回山頂，老夫自有計較。」

大家心想，他是皇帝親封的「宗玄大師」，有他的庇護，諒必無事，便依言退卻；傀儡生指揮若定的沿途派出幾個崗哨，監視官軍的行動。

水漫金山亭

彷彿是神佛定下的規矩，靈山之旁必有秀水。

玄武湖依傍著鍾山，秀麗的湖面上倒映著鍾山群峰，從任何一個角度看過去，都沒有違背山水的定律。

昇州知州丙坤顯然是個附庸風雅之人，把他的大本營設在玄武湖邊的「金山亭」裡，對著美景，獨自啜飲「千湖春」美酒。

項宗羽、崔吹風被帶了進來。

「你就是項宗羽？」丙坤不屑的睜著他。「瞧你這副猥瑣模樣，能有多大本領？」

項宗羽淡淡道：「瞧你坐在這麼風雅的景致之內，卻有一股俗味，肚裡可有兩滴墨水？」

丙坤大怒：「大膽刁民，竟敢侮辱朝廷命官？」

項宗羽冷笑：「你一個小小的知州，竟敢發兵包圍鍾山，濫捕無辜良民，究竟是何人在你背後撐腰？」

「項宗羽，你果然是個明白人。」

話聲甫落，俞猷至就從亭後轉了出來，透明的眼窩深處，腦漿正在緩緩蠕動。

崔吹風被他那怪異模樣嚇得目瞪口呆⋯⋯「他⋯⋯腦子都露出來了，怎麼還能活？」

音兒低聲道：「噤聲！那是個妖怪！」

崔吹風更為驚駭：「世上怎麼會有妖怪？」

音兒唉道：「你不知道的事情還多著呢，等著看吧。」

項宗羽緩緩上前幾步：「閣下想必就是第五公子了？」

「沒錯。」俞談至道。「中原五兇都是我手下的小嘍囉，卻毀在你手裡，可你今天落在了我手裡，眞可謂報應不爽。」

項宗羽轉眼望向丙坤：「你的小嘍囉都是這種窩囊廢嗎？」

原來，俞談至指使丙坤派兵把七大劍派的門人困在鍾山上，企圖一舉殲滅中原武林。

丙坤拍案大罵：「你死到臨頭，還不自知？來人哪……」

項宗羽冷冷截斷：「你要叫人來逮捕你自己嗎？」

丙坤方才楞得一楞，項宗羽已從懷中掏出了一封書信。

他向官兵自首時，已被搜過身，但區區一張紙，當然不會引人注意。

項宗羽手舉書信，厲聲道：「你是效忠皇上，還是效忠這個唯恐天下不亂的妖怪？」

丙坤嚥了口唾沫：「你……什麼意思？」

「賀蘭掌門是皇上親封的大師，這便是他的奏章。」項宗羽威嚇著說。「這奏章往上一遞，就算你有八顆頭，也休想保住一顆！」

丙坤嚇得委頓成一團。

俞燚至罵道：「他罵你是窩囊廢還真沒錯，一張紙能當什麼事兒？」

手臂一長，抓向項宗羽手中的書信。

項宗羽的右手在紙緣上一摸，指間便多出了一柄細如織針、薄如紙片的小劍。

魚腸劍！

當年鑄劍大師歐冶子鑄出了五柄寶劍，湛盧劍為劍中至尊，另有二大二小──純鈞、勝邪、巨闕、魚腸。

魚腸劍為吳國的公子姬光所得，授予刺客專諸，他將此劍藏在魚肚子裡刺殺了吳王僚。公子光篡位成功，是為吳王闔閭，登基後便將此劍封存，永不再用，不料如今被雁蕩派所得。

此劍既名為魚腸，可見其極細極薄，貼在紙上都讓人感覺不出來，但它仍是一柄劍，一柄能夠穿透三重狻猊鎧甲的殺人劍！

俞燚至縱然魔性強大，也無法阻擋這種等級的寶劍，被魚腸劍刺穿了右掌，痛得大叫。

項宗羽厲吼：「所有喪盡天良的兇案，幕後指使者都是你！」

運勁於指，抖直了魚腸劍，直刺俞燚至心窩。

俞燚至臨危不亂，左手抽出神農氏的獨門兵刃「赭鞭」，旋起赤紅色的火燚，掃向對

方頭顱。

這一鞭歹毒至極，中者必死，但項宗羽完全不顧自己的安危，挺劍直進，指向俞燄至要害。

他這種不要命的打法，讓右手已傷的俞燄至不得不撤招防守，並且一著一敗退。

丙坤見勢不妙，拉開喉嚨嚷嚷：「來人哪！王鈴轄、何都監、劉提轄……快來人哪！」

涼亭附近駐紮了不少士兵，聞聲都挺槍持矛的衝了過來。

音兒見官兵人多勢眾，如果真的被圍住，想要脫身可就難了，登即面對湖水，雙掌一揮，發出「水漫天」功力。

她乃水神之後，又站在浩浩蕩蕩的湖邊，這一揮灑，威力更是驚人，玄武湖水被她帶起千百層大浪，直撲金山亭而來。

丙坤又大叫：「我不會游泳，快救我！」

士兵們還沒搞清楚是該抓人還是該救人，大水已捲入亭中，把所有人都沖進了湖裡

洗碗丫頭的神通？

崔吹風不會游泳，心中剛喊得一聲：「死也！」已被人夾脖子拎出水面。

正是嘻笑自若的音兒。

「叫你不要來自首，你偏不聽，這就叫作不聽女人言，吃虧在眼前。」

項宗羽雖然略識水性，但如此大浪淹得他暈頭轉向，眼看著就要滅頂。

音兒一手抓著崔吹風游過去，另一隻手拎起了項宗羽，大鮫也似游向玄武湖東岸，邊還嘮叨著：「你這個殺人狂可真有一套，把劍藏在紙裡也能殺人！這柄劍鑄得太好了，如果你感謝我的救命之恩，可以把它送給我，我呢，會先推辭幾句，然後就卻之不恭的收下了，你看怎麼樣？」

項宗羽才應了聲：「這是師父的⋯⋯」水就湧入嘴中，再也說不出話。

音兒哼道：「我就曉得你小氣，好啦，逗著你玩兒的，你別急哦。」

轉瞬游到鍾山腳下，音兒一手一個，將他倆提上了岸。

項宗羽嘔了幾口水，苦笑著朝音兒一揖：「多謝姑娘救命之恩。」

音兒大剌剌的道：「嗯，現在比較像樣兒了，不會動不動就想殺人。你說那劍是你師父給你的，難道他早已預見那妖怪在等著你？」

「不，我要下山自首之時，峨嵋派的『拂風擺柳』江尚清特別提醒我，昇州知州丙坤是俞檢至那妖怪手下的人馬，所以師父才把魚腸劍交給我防身。」

音兒怪問：「江尚清又怎會知道這些隱祕？」

項宗羽因江尚清已深具悔悟之心，便不想再提及他曾是裂地熊的過往，胡亂支吾了幾

聲，輕輕帶過。

崔吹風驚魂甫定的坐在地下：「音兒，妳真會泅水。」又望著已然風平浪靜的湖面，更覺不可思議。「剛才怎麼會突地掀起那麼大的浪？」

項宗羽唉了一聲道：「應是音兒姑娘的神通。」他到底閱歷豐富，已看出音兒必有非同常人之處。

崔吹風失笑：「這個小丫頭哪有什麼神通？」

音兒抿嘴嫣然：「對嘛，我只會洗碗、唱歌兒，最喜歡做的事情就是聽你演奏，神通於我何用？」

「二位，就此別過。」項宗羽不想再多言，拔腿就往鍾山上走。

「你還要回去？」崔吹風詫異。「豈不是自投羅網？」

「師父、師兄弟與武林同道都被困在山上，我不回去怎麼行？」

「那我們？」崔吹風眼望音兒。「我們怎麼辦？」

「喲，你幹嘛問我？」音兒笑得很開心。

「妳剛才說，要聽女人言，我現在就聽妳的啦。」

音兒一挺胸脯：「我們雖然不是大俠，但也有那俠肝義膽，既然咱們已經有了過命的交情，就陪你走一回吧。」

一湖冬水盡倒流

湖東另有一條山徑直通山頂。

三人走沒多遠，就遇上了布下陣線的弓兵。

項宗羽見這隊弓兵裝備精良，他既不想傷害官兵性命，但又要突破防線，著實爲難。

「幹什麼的？知州有令捉拿重犯，不相干的快退回去。」

音兒笑道：「兵爺，你讓我們過去，我就讓你們看一幕奇景。」

隊官罵道：「把你們射成刺蝟，就是奇景。快滾！」

音兒仍嘻皮笑臉：「你們有沒看過倒流的大水？」

「少囉唆，再不走就把你們抓起來！」

「你們不想看，我也要讓你們看。」

音兒雙臂一展，湖水竟眞的朝山坡「爬」了上來。

士兵們都看呆了。「這……怎麼回事？」

他們站立之處距離湖面少說五十丈高，整個湖面並未上漲，就只有一波一尺多高的

水，像是有生命一樣的一直往上爬，一轉眼就淹沒了他們的小腿。

音兒笑道：「這水好玩吧？要不要再高一點，讓你們洗個澡？」

隊官發一聲喊：「逆天啦！快跑啊！」

整隊官兵沒命的跑不見了。

音兒雙掌一推，爬上來的水便又退回湖中。

項宗羽拍拍崔吹風的肩膀：「瞧見沒有，這可以算是神通吧？」

崔吹風早驚呆了，只能怔怔的望著音兒，做聲不得。

項宗羽凝目道：「音兒姑娘再不說實話，可就見外了。」

音兒嘆了口氣：「我爹就是剛才賀蘭爺爺提到的水神共工。」

崔吹風又一驚：「世上真有妖魔鬼怪？」

「說這什麼呢？」音兒敲了他一下。「我是妖魔，還是鬼怪？」

崔吹風其實早在三月間就曾經碰見過一個妖怪，只是他一直在心裡告訴自己：「那不是真的，只是我自己的幻覺幻聽幻想。」

現在，這些「幻」又再度出現眼前，他實在沒辦法再以「幻」來一筆帶過了。

不准奏樂的縣令

三人登上山頂，七大劍派中人正在討論著下一步該怎麼辦？

雁蕩掌門逍遙子見項宗羽居然回來了，忙問山下發生了什麼事？

項宗羽絕口不提音兒的來歷，只是稟報實情：「昇州知州是第五公子手下的嘍囉，想

把咱們全殲於此。」

自從六月間俞餞至想要刺殺皇帝趙恆的陰謀敗露之後，他就變得臭名滿天下。

大家都緊皺眉頭。

項宗羽道：「姓俞的如此胡作非爲，怎麼沒人上報朝廷？」

青城掌門傀儡生道：「朝廷之中多有他的爪牙，糾結盤連，一時之間難以清除乾淨。」

峨嵋掌門金頂仙鼓掌道：「大家不必驚慌，我們守在山頂上，諒他們也攻不上來。到了晚上，弓兵就沒用了，我們循路下去，殺他們個昏天黑地！」顛著肥油油的大肚子，跑到一塊大石上躺下就睡。

賀蘭樓真吩咐弟子取出早已備下的乾糧：「大家先吃一些，養精蓄銳。」

大家都道：「就這麼辦。」

崔吹風拉著音兒走到一旁的大樹下：「音兒姑娘……」

「叫我音兒就好。」

「音兒，妳真是什麼水神的女兒？」

「對啊。」音兒笑得瞇瞇眼。「把你嚇著了？」

「那……那妳爲什麼一直在進財大酒樓洗碗？」

音兒不好說自己癡迷他的音樂、欣賞他的爲人，更不好說她原是爲了打探火神後裔的

下落，順口道：「待在家裡無聊，出來體驗一下人生唄。」

「妳爹是十幾萬年以前的人……呃，十幾萬年前的神，那妳……」崔吹風一驚。「妳也已經十幾萬歲啦？」

音兒大笑：「唉，傻瓜，十幾萬歲的老太婆，會長得我這樣子嗎？」

「也是……」崔吹風鬆了口氣。「那妳今年幾歲？」

「我爹打了十幾萬年的光棍，直到十八年前才愛上我娘，生下了我……」音兒忽地瞇細眼睛，緊盯住他。「喂，你那麼在乎我幾歲，什麼意思啊？」

崔吹風一陣慌亂：「沒……沒什麼意思！」

音兒笑在心裡，羞在臉上：「我父親姓共，後來改成姓洪，所以你說，我叫共音兒好聽呢，還是洪音兒好聽？」

「都……都好聽。」崔吹風不知想到什麼，有些癡了。

「喂，一直沒問你，是誰教你彈琴的？」

「是我爹。」崔吹風道。「我是江南『太平州』王家塢人氏……」

「你們姓崔，卻住在王家塢？」

「王家塢就只我們一家姓崔。聽我娘說，我家幾十代都住在那兒，全都是樂師，而且每一代都是單傳……」

「你爹爲什麼沒跟你一起去洛陽、開封?」

「他在我十歲的時候就失蹤了。」

音兒聽出了一些蹊蹺,連忙追問:「多說說你爹。」

「我對我爹的記憶很模糊,除了教琴之外,就只記得他常常爲村人演奏。」

「王家塢的人眞有耳福,他的琴彈得跟你一樣好嗎?」

「我娘說,我及不上他。」崔吹風笑道。「每次節日喜慶他一彈琴,滿村的人就會一直跳到虛脫爲止。」

「想必如此。」

「不過後來,縣城的舊縣官卸任了,新上任的知縣名叫莫仇樂,他聽說王家塢經常有人奏樂,就下令禁止。」

音兒一怔:「明令禁止音樂?世上豈有這等事?」

「大家都說他仇視音樂,但沒人知道爲什麼?」崔吹風苦笑。「過沒多久,他母親病逝了,出殯時把我叫去,我和我娘也跟了去,那天發生的事情我倒記憶猶新⋯⋯」

「他娘死了,干你爹什麼事?」

「他要我爹奏哀樂。」崔吹風再一次苦笑。「但是我們崔家從來不奏哀樂⋯⋯」

「本來嘛,你的音樂只會讓人喜到心底,怎麼哀得起來?」

「我爹委婉的告訴了縣老爺，但他一定要我爹彈琴，我爹執意不彈，他就打了我爹十幾個耳光……」

「這個莫仇樂太霸道了！」音兒義憤填膺。「你爹一定很生氣？」

「沒咧，我爹脾氣很好，記憶中從來沒見過他生氣。」

「你跟他一樣。」音兒笑望著他。

「可是，幾個月後我爹就失蹤了，可能跟這事兒有關……」崔吹風重嘆一口氣。「我娘覺得我再留在王家塢可能會有危險，就把我帶離了太平州，四處流浪。」

「你少年時吃了不少苦頭吧？」音兒憐惜的握住他的手。「我從來就沒碰過像你脾氣這麼好的人。」

「老天爺對你這個天才未免太不公平了。不過，你別擔心，你一定會找到你爹的，將來你父子倆一起合奏，全天下的人不都瘋啦！」

崔吹風只覺她的手掌如綿似水，捏著舒服極了……「音兒，妳真的喜歡聽我的音樂？」

「豈止喜歡，我愛死啦！」音兒的手握得更緊。「崔郎，你以後一定要天天奏給我聽。」

「崔郎，你以後一定要天天奏給我聽。」

她這話有何含意？連稱呼都變了。

崔吹風心頭一蕩，手捏得更緊了。

兩人併肩坐在樹下，若非眾目睽睽，親密的舉動恐怕不只如此而已。

鄉巴佬霸主

俞歙至緊皺鼻端走入金陵城內最破、最爛、最便宜的茶館，裡面只有一個戴著草帽的鄉巴佬。

此人居然就是稱霸廣南西路的儂氏之主。

俞歙至不屑的坐在他對面：「儂全福，約在這種地方見面，你就不能稱頭一些嗎？」

儂全福操著極重的鄉音道：「中原的東西太貴了，我們鄉下人受不了。」

俞歙至的腦漿在眼洞中翻滾：「等咱們席捲了西南半壁，你就不會嫌物價太高了。」

「咱們？」儂全福的笑容滿蓄譏刺。「叱叱中原的第五公子怎麼會看上我們那偏僻小角落呢？」

「你也太小看你自己了。」俞歙至悠哉的伸出指頭沾了些茶水在桌面上畫著。「西南雖是邊陲，但地勢易守難攻，你們廣南西路與大理、大瞿越，恰成三足鼎立之勢，若能結合成一股力量，再進取中原，定能一舉席捲天下。」

「我們與他們聯合？提都甭提！」儂全福一掌拍在桌子上。「我們儂氏跟大理段氏是世仇，跟大瞿越也從不往來，要我們聯合，天先塌下來再說。」

俞歙至撫摸著右掌上的傷口，那已迅速的結成了一個疤：「我沒有要你們聯合，我是要幫助你掃平那兩國，再合兵進取中原。」

「你想要幫我？」儂全福皺眉想了半天，方才冷笑道：「我懂了，大瞿越的李朝有一個名叫洪工的很厲害；大理段氏自有崇聖寺的妖僧撐腰，都不會讓你插手，所以你就想來哄騙我姓儂的？你別做這種春秋大夢了，給我閃遠點。」

俞餕至輕笑道：「我若是不閃呢？」

儂全福大笑：「如果換在從前，我確實怕你，但如今我手下多了一員大將，以他的本事，打發你這種不入流的妖怪，易如反掌。」

「哦，這麼厲害？」

儂全福傲然：「自從有了他，我手下的那些舊將領全都靠邊站了。」

儂全福聲道：「夕陽使者何在？」

「可否讓我見識一下？」

一顆金髮火眼的頭顱出現在窗臺邊緣，原來他嫌茶館內太臭，一直都蹲在窗外。

「主公，何事？」

夕陽使者咧開血盆大口：「我在問我的主公，沒在問你。」

儂全福指著俞餕至：「把這個腦漿露出來的傢伙丟出去！」

儂全福一楞：「我不就是你的主公？」

「就憑你這德性，也夠格？」夕陽使者朝他臉上呸了口濃痰。「這幾個月待在你們那

二一九

土豪窩裡，可把老子悶壞了。」

原來，九名太陽使者都是俞皴至的爪牙，五月間烤焦高麗國的計畫失敗，兄弟九個只餘夕陽一人，俞皴至便派他去西南。他到了廣南西路，將儂全福手下的將領全都打趴了，又裝出恭順的模樣，成為儂氏麾下獨一無二的大將。

儂全福這才知道自己早已落入俞皴至的圈套，臉色一片灰敗。

夕陽使者道：「主公，我們接下來要怎麼辦？」

俞皴至道：「共工的女兒現在正被困在鍾山上，我已命令丙知州放火燒山，正好一箭雙鵰，把那丫頭與中原武林最頂尖的劍客統統燒成焦炭。」

「可，冬日潮溼，野火放得起來嗎？」

「這就要看你的本領了。」俞皴至一笑。「先祭起你的太陽鏡，將山上的樹木烤乾，我就不信那丫頭『水漫天』的功力有多強。」

以火攻火

峨嵋派掌門金頂仙敞開前襟，露出他的大肚腩，躺在大石上睡得昏頭搭腦，但他愈睡愈熱，終於忍受不住的坐起身子：「太陽都快下山了，怎麼還這麼熱？」

他抬頭一看，嚇了一大跳。

天上竟出現了兩顆太陽！

「這……怎麼回事？」金頂仙慌忙站起。

七大劍派中人都臉色凝重的聚集在空地中央。

「劍神」呂宗布道：「那第二顆太陽其實是由一隻怪鳥馱著的太陽鏡，但『箭神』文載道不在這裡，誰都沒法將牠射下來。」

青城掌門傀儡生唉道：「本想乘夜突圍，但如果天不黑下來，我們怎能衝破弓兵的包圍圈？」

呂宗布道：「太陽鏡本身不會發光，只是反射太陽的光燄，太陽終歸是會下山的，到那時太陽鏡就沒用了。」

眾人安心了些。

但兩顆太陽的威力非同小可，沒多久便將鍾山周圍烤得溼氣盡去，樹木都呈現乾枯的狀態。

賀蘭樓真沉思片刻，驀然驚起：「不好，他們要放火燒山！」

話還沒說完，山腳下的火就已燃起，一路向山頂延燒上來。

各派的弟子們從四處奔回。「四面都已起火，無路可走！」

眾人饒是經驗豐富，可也沒了主意，聒噪成一團。

崔吹風與音兒一直待在一旁，崔吹風擔心的問著：「音兒，妳能滅了這火嗎？」

音兒見火勢猛烈，燃燒迅速，心中也沒把握：「山頂距離湖面太遠，我在這裡發功，不知能激起多大的浪？」

項宗羽靠了過來，悄聲道：「要不，我護送姑娘到半山腰去？」

崔吹風縮了縮脖子：「那不成了弓兵的箭靶？」

音兒也縮了縮脖子：「我別的不怕，就怕那些蝗蟲一樣亂鑽的箭。」略想了想，一挺胸脯。「崔郎，你幫我伴奏，我才更有精神。」

崔吹風端坐於地，把琴放在膝上，褪去琴衣：「妳想聽哪首曲兒？」

「只要是你彈的，我都愛聽。」

崔吹風十指連揮，一串音符奔洩而出，他因為想到山下正在燒大火，彈出來的樂曲更像火燄四射、熔漿迸發。

眾人見他在這種危急的狀況之下，居然還有心情彈琴，都橫眉豎目的瞪過來。

音兒站在他面前拚命發功，但她的功力畢竟不夠，引不起多大水波，而野火愈燒愈快，已燒到了半山腰。

音兒急得宛若熱鍋上的螞蟻，崔吹風則已彈得忘我，況且大火燃燒的聲音讓他產生了更多靈感，琴音熊熊沸滾、辣辣騰揚，與大火相應和。

一二二

羅浮派掌門陰陽子跳腳大罵：「那小子還在彈什麼？彈那什麼調調兒？難聽死了！」

他這話幾乎是用吼的，當然傳入了崔吹風耳裡。

幾乎從來沒有人嫌他的音樂不好聽，崔吹風心中不免有氣，再想起連日來種種倒楣的遭遇，現在甚至可能葬身火窟，更是愈想愈氣，指間彈得愈用力。

音兒偶一回頭，只見崔吹風生氣的臉龐漲得通紅，竟宛似就待噴火，不禁一楞。

就在眾人都沒防著的瞬間，山頂周圍的樹木全都猛烈燃燒起來！

程宗咬怪叫：「這下真的死定了！」

但山頂的大火沒往上燒，而是往下燒，朝著山腰的大火燒了過去。

火攻上了火，火壓住了火，火打敗了火！

往下燒的火，比往上燒的火狂猛得多，眨眼便逼著山腰的火一起燒到山下。

在山腳下放火的士兵嚇得四散奔逃。「今天是什麼怪日子，水往上流、火往下燒，難不成世界顛倒過來了嗎？」

火琴的真相

山上的火沒過多久便把山下的火驅逐得全無痕跡。

七大劍派中人全都楞在山頂上，完全搞不清楚到底發生了什麼事情。

夕陽早已落下，天地間一片昏暗死寂，剛剛發生過的那一幕大火互噬的激烈景象，彷

彿只是一個不眞實的夢。

崔吹風也忘了彈琴，腦中止禁不住的盤旋著有關火琴的傳說。

音兒悄悄把他拖到一塊大石的後面，抓過他的琴猛瞅：「你這琴？」

崔吹風搔頭不迭：「妳也看見的，明明是我今天早上才買的呀。」

音兒煩亂的思索著，不停踱步，半晌之後才猛一拍巴掌：「我懂了！我懂了！」

「妳懂了什麼？」

音兒激動的抓住崔吹風的手：「原來你就是火琴！你本身就是祝融火琴！」

崔吹風失笑：「我是人，又不是妖怪，怎麼會是一具琴？」

「我問你，你這輩子發過幾次脾氣？」

「這……」崔吹風回憶著：「第一次是今年三月在洛陽的時候，總捕姜無際在辦一件

怪案，把我也牽扯了進去，後來一個妖怪挾持我，我還差點被一個名叫燕行空的大漢砍死，

那個燕行空眞是蠻不講理……」

「那時你有沒有在彈琴？」

「我還沒睡醒就被叫下樓去，連琴都沒帶。」

「好，所以這次不算。第二次呢？」

「……第二次是被關在牢裡的第一晚，我想娘，想得大哭，項大俠竟在我頭上撒尿，還掐住了我的脖子……」

「關在牢裡當然也沒琴。第三次呢？」

「第三次就是押解途中，在小鎮上的昇平客棧，項大俠又掐我脖子……」

「這次我也在，結果小鎮就被燒光了，對不對？第四次就是在尉氏縣，項大俠又罵你，所以你又把縣城燒光了！」

崔吹風結巴著：「妳……什麼意思？」

「你還不明白嗎？你如果在發脾氣的時候彈琴，隨便什麼琴都會變成火琴，因為你就是火神祝融的子孫，太子長琴的後裔！」

生氣不彈琴，彈琴不生氣

山下的兵都跑光了，七大劍派的人一路悠哉下山，一邊討論著剛才目睹的怪狀況。

項宗羽心知崔吹風必有異能，但他既不發問也不向眾人提起。

崔吹風與音兒走在最後，崔吹風兀自無法相信音兒對自己身世的解釋：「音兒，妳說的這些，我實在很難接受……」

音兒道：「《山海經》裡記載，祝融是守護南方的主神，這就是你們崔家的任務。你

想想看，你們崔家住在太平州幾十代，江南一直欣欣向榮，即使在殘唐五代，江南也沒有大規模的兵災人禍。你爹與你祖先的脾氣好，因為他們不必發脾氣，火琴派不上用場。」

崔吹風聽得一楞一楞，猛搔頭皮：「這會是真的嗎？這會是真的嗎？……」一連說了幾十句，說得自己也不得不相信了。

音兒又道：「你剛才生氣的時候，嘩，臉紅得嚇死人！那火就好像是從你臉上燒出去的一樣。」

「我真的那副模樣？」崔吹風苦笑。「看來我不能生氣，難怪我爹從來不生氣。好，我記住了，以後生氣不彈琴，彈琴不生氣。」

他既得知自己的身世與特殊稟賦，不免興奮，喋喋不休的說個不停。音兒的心情可複雜極了，最欣賞的他，竟是世仇之子，將來他們之間會演變成什麼情況？橫亙在他倆面前的難道只有一條絕路？

一行人來到金陵城外。

峨嵋掌門金頂仙道：「昇州知府雖然嚇破了膽，但我們還是別進城去招搖了。」

羅浮掌門陰陽子道：「城東二十里外有間『龍頭客棧』，掌櫃是我的老相識，我們去那兒落腳，可保無虞。」

音兒一拉崔吹風：「別跟著他們，我自有一個好去處。」

兩人悄悄走離，除了項宗羽，並沒有人在意他倆的行跡。

站在分岔路口的音兒

須家莊的僕人們在大門外列隊恭迎「大小姐」回府，把崔吹風嚇了一大跳：「這裡不是天下第一富豪須盡歡的宅邸嗎？怎麼……」

「須盡歡是我爹的臣子，真名叫作相柳。」音兒挽著崔吹風的胳膊往內走。「那天我被他們兇巴巴的抓進來，都是騙你的，因為我還不想露相。」

「原來如此，害得我擔心好久。」

音兒在他耳邊吹氣道：「我就是喜歡你擔心我。」

相柳在大廳中隆重款待崔吹風，十幾盤大菜端出來，把餓了一整天的崔吹風撐得半死。

音兒因有事要與相柳密議，便吩咐管家：「送崔公子去客房休息。」

相柳知音兒有話要說，等崔吹風離去後，便道：「鍾山上今日鬧騰了一場，大火燒得滿城老百姓差點要舉家逃難，是否與火琴有關？」

音兒把崔吹風的底細說了一遍，煩惱的問：「大叔，現在該當怎麼辦？」

相柳正色道：「大小姐，我已經說過了，水火兩家本是世仇，到了節骨眼兒上，兒女

私情一定要放在一邊。」

「那我……把他送去一個隱密的地方，叫他永遠都不要出來？」

「不！我們要抓住他，送去大瞫越，他的生死，交由主公裁奪。」

音兒心底一驚：「非得這樣不可嗎？」

「沒得商量。」相柳斬釘截鐵。

「我……再想想……」

音兒當然不願意把崔吹風交給父親，但她還能怎麼辦？她煩惱的在庭院中踱步，但亦知道就算自己把腳板踱爛了，也想不出第二條路。

崔吹風在客房內又彈起琴來，那跳躍靈動的樂聲，只更增添了音兒心中的煩悶，甚至開始恨起這麼好聽的音樂來。

「唉，當初若不是因為這個，我也不會愛上他了。」

大洪水

琴聲傳入相柳房中，這個老怪物的想頭可多了。

遠古時代，洪水為害甚烈，有蹟可考的第一次就是女媧鍊五色石以補蒼天，斷鰲足以立四極，殺黑龍以濟冀州，積蘆灰以止淫水。

若干年後，水神共工與火神祝融大戰，不料水神竟被火神打敗，共工視爲奇恥大辱，氣得用頭撞倒了不周山，導致大地朝東南傾斜，從此洪水又經常泛濫。

共工自我流放了幾萬年，到了帝堯之時，又重振旗鼓，手下第一員猛將便是相柳。

相柳奉命出世，又引發大洪水，帝堯派鯀治水，鯀沒有得到天帝的許可，便從崑崙山偷了一種能夠自行生長繁衍的泥土——「息壤」去堵水，天帝大怒，派祝融在羽山的郊野殺了鯀。

帝堯命令鯀的兒子大禹繼續其父未竟之業，終於重創了相柳。

相柳流出來的血腥臭無比，被浸潤過的土地均呈現低窪狀態，貧瘠荒薄，五穀不生。

他回去後，還遭到共工的嚴厲責備，不免懷恨在心，只是一直不敢表露出半絲半毫。

後來，共工又派他到中原經商，發了大財，富可敵國，但大多數的財產都貢獻給了如今身在「安南」的主公。

「以我的財力早就足夠組成一支大軍，如果現在又能得到崔吹風這火琴，水火齊發，我定可成爲天下霸主！」

相柳幾番躊躇，主意已定，大步走出房外。

水遁術

音兒仍在庭院內獨坐沉吟，忽見相柳走向客房。她心頭一緊，匆忙跟了過去。

「大叔，你想幹嘛？」

相柳皮笑肉不笑：「火琴既已到手，留在這裡夜長夢多，我馬上就派人把他送去大瞿越，獻給主公。」

音兒橫身攔在他面前：「不可以，我還沒想出個主意。」

相柳冷笑：「大小姐，莫非妳已愛上他了？」

音兒跺了跺腳：「你就別問這些，反正我遲早會有計較……」

相柳一板臉：「大小姐，這回可不能隨妳的意了。」

崔吹風聽得房外吵嚷，開門探頭，相柳一把就抓了過來。

音兒趕緊出掌封阻：「大叔，別這麼蠻幹……」

相柳既已下定了決心，索性翻臉翻到底，反手擊在音兒的手掌上，硬把她打退了幾步。

音兒怒道：「大叔，你竟敢抗命？」

「抗命？」相柳狂笑。「妳這小丫頭也敢命令我？當初妳爹命令我這、命令我那，他自己指揮不當，反過頭來還責怪我，我已受了他多少窩囊氣，如今還要受妳的氣？我相柳一世豪傑，總該輪到我揚眉吐氣，一統天下了！」

音兒這時才知他想要背叛共工，忙拉住崔吹風：「我們走！」

相柳厲喝：「妳走可以，火琴留下。」

音兒當機立斷，放開了崔吹風，猛一轉身，「水漫天」捲起庭院中一整個池塘的水，擊向相柳。

雙掌齊出，千旋萬轉，左掌纏住崔吹風的肩頭，右掌蓋向音兒頭頂。

相柳怪笑：「這點功夫也好在我面前要弄？」右掌一探，突破水幕，打在音兒左肩上，音兒登時倒飛出去，摔在連接池塘的小河邊。

相柳一不做二不休，想把音兒徹底解決，欺身進步，直朝音兒撲來。

音兒心知自己的功力差得遠，又見他目露兇光，殺機已現，便顧不得崔吹風，翻身滾入河裡。

相柳一聲狂吼，運起十成功力，把小河中的水全捲上了天，宛若銀河倒懸、瀑布逆流。

水幕在月光下閃出珠簾玉絡般的光影，待得散盡，已不見音兒蹤影。

原來，整座莊園內有好幾條小河，縱橫交錯，水道都與金陵城外的玄武湖連在一起，以音兒的水性不難藉此脫身。

相柳冷哼：「不怕妳能躲到天上去。」心中隱隱浮起不祥的預感，更加深了他必殺音兒的決心。

各人都有不同的算盤

音兒順著河道游到金陵城外，才掙扎著爬上岸。

相柳的一掌雖未擊中要害，仍讓她承受不住，嘔了一口血，爬入樹林中暫歇。

「崔郎落入了相柳的手中，必定凶多吉少。」她又急又憂又怒，想起七大劍派中人投宿於城外的龍頭客棧，現在只能向他們求救了。

她勉強站起，認了認方向，朝東而行。

顛顛躓躓的走了不知多久，內傷愈發劇烈，終於一陣頭暈眼花，跌倒在地。

迷濛中，聽見一個蒼老的聲音道：「丫頭，妳怎麼啦？」

卻是「鐵拳」霍連奇。

霍連奇不是七大劍派中人，日間又被華山派排擠了一頓，心中老大不爽快，不想跟他們混在一起，獨自在外露宿，恰正碰著音兒暈倒在不遠處，急忙趕來照看。

音兒含糊的說：「快帶我去見那個殺人狂……不，項大俠！」

七大劍派的人還有許多沒就寢，聚在客棧大廳內閒磕牙，他們之中的大多數對於負傷的音兒並無關心之情。

「這個小丫頭跟我們有什麼關係啊？」羅浮派掌門陰陽子還沒忘記日間被她搶白得下不了臺，此時乘機打她一耙。

華山派掌門「破天劍」班魯見她是霍連奇帶進來的，也沒好言語：「咱們好不容易清淨一下，她可又跑來嘮裡嘮叨，煩不煩哪？」

霍連奇正想發作，項宗羽本已在房內休息，聽得這事兒，匆匆跑出房外：「崔公子怎麼了？」

音兒不能隱瞞崔吹風的底細，照實說了一遍。

霍連奇、江尚清都猛敲自己額頭：「原來那個大後生就是火琴？害我們白找了大半年！」

七大劍派中人卻沒幾個相信：「聽妳這話說得！那個姓崔的小子彈彈琴就能發大火，我們大宋跟遼國拚戰了這麼多年，勝負未分，現在只要派他去放把大火就搞定了嘛。」

音兒大聲道：「趙官家就是不知崔郎的本領，我們去把他救出來，朝廷就可以封他為討北火燄大將軍，我們也算是替朝廷立了大功！」

眾人都嗤之以鼻。

項宗羽急問：「崔公子被誰抓走了？」

「他被困在天下第一富豪須盡歡的莊子裡。」

「須盡歡想要做什？」

音兒無法告知相柳的真實身分，只能這麼說：「須盡歡有吞併天下的野心，所以我們

一三五

一定要制止他。」

廳內眾人又都冷哼連連：「這又干咱們什麼事？」

音兒怒道：「今天大火燒山，若不是崔郎出手相救，你們早就被燒成一片焦炭了！」

眾人鬨堂大笑：「感謝崔公子彈琴救命之恩……以後一定會多給點賞錢……下回請客的時候一定找他來伴奏……」

音兒氣得想發功教訓他們，但腦中一陣暈眩，「咕咚」坐倒在地。

項宗羽道：「音兒姑娘放心，我這就去救他出來。」

「你一個人……不是他的對手……」音兒掙扎起身想要跟隨，仍無法站穩。

項宗羽吩咐店家妥善照顧她，便大步走向門外。

程宗羽咬拈起爛木棍：「我跟你一起去。」

霍連奇、江尚清也都說：「走走走，別跟那些忘恩負義的傢伙囉唆。」

他倆跟崔吹風都有交情，自不能見死不救。

王屋派掌門、一百一十二歲的老劍客賀蘭棲真也從房中走了出來：「吾等學劍，就是為了行俠仗義，現在有人求助，豈能袖手旁觀？」

「劍神」呂宗布一揮手：「王屋派弟子，出發！」

雁蕩派掌門逍遙子、青城派掌門傀儡生也都率領門下弟子出動；峨嵋掌門金頂仙扁著

大肚子、打著呵欠道：「本想好好的睡上一覺……罷罷罷，就跟你們走一趟。」

四派人馬都走了，只剩羅浮、終南與華山三派坐在大廳內面面相覷。

陰陽子忽然陰惻惻的一笑：「須盡歡號稱天下第一富豪……」

臥雲客緊接著說：「他們這一去，一定大鬧一場……」

班魯一拍桌子，跳起身來：「咱們正好趁火打劫！」

三派人馬爭先恐後的衝出門外。

七 大劍派圍攻須家莊

賀蘭棲真率領四大劍派悄悄來至須家莊外，還沒分派任務，羅浮、終南、華山的人馬已追了上來。

陰陽子搶著說：「既是富豪之家，防衛定當嚴密，我們應該先派幾個人去探探。」

大家聽他言之有理，紛紛點頭。

「破天劍」班魯搶得更快：「我們華山願做馬前小卒，先去探個虛實。」不待眾人答話，便帶著「山羊」鈕建行、「山狐狸」衛沖翻牆進去了。

陰陽子、臥雲客都在肚內恨得半死。

班魯等三人一進莊園就傻了眼。

庭院深深，屋宇連雲，大富豪的錢會放在哪裡呀？

「當然是他住的地方。」衛沖說。

「廢話！」鈕建行說。「你看得出他住哪一棟？」

「廢話！」鈕建行說。「你看得出哪一棟才是最主要的？」

「當然是最主要的那一棟。」衛沖又說。

當然該掌門人拿主意，但班魯眼睛都花了，腦袋裡更組織不出半句話。

驟見兩名華衣僕人走了過來，恭恭敬敬的行了個大禮。「莊主有請各位入內一敘。」大

班魯這會兒可賤了：「你們莊主倒是個知機識相的，我們等下會對他客氣一點。」

踏步就想跟著他們行去。

「掌門，小心有詐。」鈕建行是「華山七劍」之首，江湖閱歷頗為豐富。「大富豪的

宅邸哪會沒有機關暗算？他們只怕是想引咱們入轂。」

班魯被這麼一提醒，登時止步：「叫你們莊主把最值錢的寶貝帶過來，若敢不從，哼

哼！」

兩名僕人笑道：「須家莊內最值錢的寶貝就是我們兩個啦。」

班魯瞪眼：「你們值什麼錢？」

僕人道：「我們可以鑽進你的懷裡，讓你抱抱。」

腳。

班魯大呸一口：「誰要抱你們？」

「我們也可以纏你的腿、纏你的脖子、鑽你的胯下！」

鈕建行愈聽愈不對，拔出劍來，一輪快劍刺了過去。

那兩名僕人把身子一低，露出本相，竟是兩條色彩斑斕、七尺多長的毒蛇。

相柳是一條有著九個頭的巨蛇，所以整座須家莊的僕從都是小蛇妖。

班魯等三人嚇壞了，回身就往圍牆跑，鈕建行、衛沖卻跑不動，原來已被蛇纏住了雙

「掌門，救命啊！」

班魯轉眼見那兩條蛇已將他倆緊緊裹住，血盆大口啃住他倆的頭顱，硬往內吞。

班魯發出哭泣似的嚎叫，翻過圍牆，跌滾在地，渾身顫抖的起不了身。

七大劍派中人聞聲趕至：「班掌門，怎麼了？」

班魯仍不停的發抖，然後就漸漸不動了。

陰陽子趨前查看：「他……已經嚇死了！」

賀蘭棲真沉聲道：「這座莊園果然邪門，說不得，只有硬闖！」

四方混戰

相柳站在雅致幽深的庭園裡，宛如一棵珠光寶氣的瑪瑙樹。

七大劍派的人馬全都圍了上來。

相柳瞅定賀蘭樓真，輕笑著說：「宗玄大師，怎麼率眾搶劫本莊，當起強盜頭兒來了？」

賀蘭樓真道：「吾等只為崔公子而來，你交人，我們走人，就是這麼簡單。」

相柳笑道：「想不到那姓崔的這麼大面子，居然勞動全武林最頂尖的劍客替他效勞。」

項宗羽道：「須莊主閒話少說，你到底放不放人？」

相柳一笑：「我倒是不堅持，但要看這個東西答不答應？」

話聲甫落，相柳已現出九頭蛇的真身，長約三丈，通體碧青，九顆人頭面貌猙獰，還會吐出蛇信。

眾人驚得亂竄亂跳。「妖怪！世上真有妖怪？」

須家莊的僕人們也都圍了過來，變成大大小小的各種毒蛇。

陰陽子大叫：「撤退！快撤退！」

項宗羽早有血戰群妖的經驗，喝道：「大家毋須驚慌，妖怪最怕人間的寶刀寶劍，只管殺上去就對了！」

展開湛盧寶劍，率先攻向九頭巨蛇。

「劍神」呂宗布怎肯落於人後，一領太阿神劍，接連九劍刺往九顆人頭。

青城掌門傀儡生抽出鎮派之寶——干將寶劍，扔給了「劍怪」程宗咬：「今天你不用劍也不行了。」

程宗咬接了劍，立即加入戰團。

武林三大劍客圍住了相柳，展開兇險激烈的廝殺。其餘眾人的兵刃雖非頂級，也屬一流，用來對付那些小妖怪綽綽有餘。

相柳的道行超過萬年，然而湛盧、太阿、干將這三柄絕世寶劍實在太過鋒利，讓他心生忌憚。而三大劍客縱然從未聯手對敵，但頂尖劍客的直覺，令他們就像曾經練習過千百遍，三柄劍有時化為三千柄，有時又合成了一柄，攪得相柳手忙腳亂。

急切間，又看見兩條黑影鬼鬼祟祟的朝客房走去，卻是俞餤至與夕陽使者。

相柳氣得大吼：「第五公子，你也想來混水摸魚？」

原來俞餤至也得著了消息，知道崔吹風就是火琴，當然意圖染指。

項宗羽一看見這中原五兇背後的主使者，便撤下相柳，衝了過去。

日間，俞餤至被他傷了右掌，真是舊恨未平，新仇又起，抽出赭鞭、藥鋤迎頭痛擊。

相柳則虛晃一招，跳出戰圈，擋住了夕陽使者。

呂宗布、程宗咬猛可間沒了對手，都是一呆。

「那兩個是什麼人，竟比咱們還重要？」程宗咬不爽。

呂宗布一指後方：「可又來了兩個。」

程宗咬回頭一看，一高一矮兩名和尚也趁著夜色，悄悄逼近客房。

程宗咬道：「崔公子一定被關在客房裡，大家都想來搶。」

呂宗布、程宗咬趕了過去，攔住那兩人：「和尚不去吃齋唸佛，跑來蹚什麼渾水？」

兩名和尚笑道：「我們什麼都吃，就是不吃齋。」

甭提，這兩人就是段思酒與段思肉了。

呂宗布、程宗咬不知他倆的來歷，好心勸告：「此處乃是非之地，兩位最好早點離開。」

高和尚段思酒板臉道：「我們正是來尋是非。」

矮和尚段思肉笑嘻嘻的說：「是非愈多愈好。」

程宗咬欸了一聲：「原來也是來搶崔公子的。」

呂宗布一抖太阿神劍：「你們若不聽勸，休怪我們不客氣。」

段思酒、段思肉面露冷笑，突然一起在自己的左臂上割了一刀，登時血流如注。

程宗咬驚道：「喂喂喂，你們不走也就罷了，用不著自殺啊！」

兩名和尚又一起從懷裡掏出了一個碗，將左臂流出的鮮血裝在碗裡。

呂宗布皺眉道：「這是在幹什麼？」

賀蘭棲真遠遠看見，高聲提醒：「注意，他們要施展『血海神功』，快退到三丈開外。」

大理段氏崇拜「大黑天」，是觀音菩薩的憤怒相，手中捧著一碗盛著「四魔」的血。

崇聖寺依這原理，發展出「血海神功」，極陰極寒極毒，一旦運功施展，把鮮血迫成黑漿，潑灑出去，方圓三丈內的人畜必亡。

他倆日前曾來搶奪火琴，只是探路而已，今日查訪得實，志在必得，所以一出手就用上了最厲害的殺著。

幸虧賀蘭棲真先行識破了他們的伎倆，呂宗布、程宗咬雙雙後躍，仍嚴密的觀察他們的行動。

庭園中竟成了四方混戰、對峙之局。

相柳施展「千旋萬轉掌」，將夕陽使者逼退幾步，乘隙往園中望去，自己手下的小妖已被七大劍派中人殺得差不多了，心知再這樣下去，若不與一方結盟，今晚決難討好，便即高聲道：「兩位段兄，我對大理一向友善，也一心想助大理完成霸業，現在火琴已在我手中，只要我們齊心協力打退這些惡人，我就帶著火琴投奔大理。」

俞燮至冷哼：「無恥！」

相柳大笑：「總比你幫助儂氏那土豪，好得多吧。」

段思酒停住逼向呂宗布、程宗咬的步伐：「我們怎麼知道你是真心的？」

「我相柳指天誓日，決不反悔！」

段思肉笑道：「好，我們姑且相信你。你要我們怎麼做？」

「先打退那兩個儂氏的幫手再說。」

大理段氏早就與廣南儂氏不睦，相柳提出的方案正中下懷，兩人便捧著血碗朝俞餤至走來。

項宗羽此時正被俞餤至逼得險象環生，段思酒、段思肉卻成了他的救星。俞餤至頗為忌憚他倆的「血海神功」，只能暫時撤招，全神戒備。

項宗羽緩過手，一頭撞入客房。

崔吹風窩在床上，抱著被子發抖：「外面怎麼啦？到底是在打什麼？」

項宗羽道：「大家都在搶你呢！」本想將他揹出房外，又覺得此舉反而會讓他落入險境，不由沉吟未決。

異業結盟的典範

屋外，俞餤至何等精明，暗忖：「情況如此複雜，他們合縱，我便連橫，給他來個『驅

虎吞狼」。」便即高聲叫道：「咱們最終的目標都是稱霸中原，所以我們現在應該先聯手除掉這些中原的劍客才對。」

相柳因手下小妖被劍客們殺得十不存一，正自心痛，這提議不免讓他心頭一動：「如果先除掉了這些劍客，便只剩下俞戭至與夕陽使者，並不難對付。」當即收起了攻向夕陽使者的真氣。

段思酒也尋思著：「那些寶劍劃來劃去的，確實煩人。不小心被割著了，不死也半條命。」

段思肉則心癢不已：「那些劍都是稀世珍品，若能搶幾柄過來也挺不錯。」

幾人轉著同樣的念頭，一起朝七大劍派逼近。

賀蘭棲真衡情度勢，已方大大不利，悄聲分派各人任務之後，呂宗布、程宗咬便挺劍直取俞戭至；雁蕩掌門逍遙子、青城掌門傀儡生與「鐵拳」霍連奇則敵住了相柳；賀蘭棲真自與王屋、峨嵋派的精英對付段思酒、段思肉；其餘的各派弟子俱由終南掌門臥雲客、羅浮掌門陰陽子率領，圍攻夕陽使者。

依照賀蘭棲真的想法，因為現在是晚上，夕陽使者應該是最弱的一環，如果能夠先拿下他，勝算必增。

不發火的琴

項宗羽見屋外戰得激烈，正想衝出去幫忙，突地瞥見房中角落放著一具舊琴，靈機陡現，忙把那琴放在崔吹風面前：「快彈！」

崔吹風一怔：「你現在要我彈琴了？」

「沒錯，快彈！」

崔吹風展了展十根手指，輕快的彈奏起來。

項宗羽望著窗外，期待大火燒起，但聽他彈了半天，竟連一顆小火星也沒出現。

心眼如針眼

庭院中戰得愈形激烈。

呂宗布、程宗咬被俞嶽至打得節節敗退；逍遙子、傀儡生、霍連奇也不是相柳對手，勉強支撐而已；段思酒、肉兩兄弟施展起「血海神功」，逼得賀蘭樓眞等人只能在外圍打轉；只有臥雲客、陰陽子所領導的圍攻夕陽使者的這塊戰場有點希望。

但陰陽子存著打混的心，不但不出力，還亂發指令，使得三十多名各派弟子各自為戰，發揮不出什麼效用。

終南派的「必殺劍」宋終久戰夕陽使者不下，心道：「我們三十多人聯手連一個人都

打不過，將來傳揚出去，我還有何面目在江湖上行走？」

覺得一個自以為是的空檔，從夕陽使者的左側直進，一劍刺向他脅下。

劍術高低端看時機掌握得對不對，該退反進、該進反退，都是自尋死路。

夕陽使者一眼便看出他是個庸才，故意讓他衝得更進來，忽一反掌，「夕陽西沉」打

在他肩上，頓時半邊癱瘓，軟倒在地。

其餘眾人都忌憚夕陽使者的本領，不敢伸出援手，連綿南掌門臥雲客都袖手旁觀。

夕陽使者搶前一步，再一掌朝宋終頭頂蓋下。

劍光驀然閃耀，刺向他後背必救之處，他只得回身禦敵。

是「劍神」呂宗布。

五月間，「箭神」文載道射落了太陽使者祭起的太陽鏡，並使得他們功力盡失，呂宗

布便與高麗公主梳雲聯手在地面上將他們屠戮殆盡，只剩夕陽使者逃得性命。

今晚再度相遇，夕陽使者自然誓報血仇，聚足全身真力攻來。

呂宗布之前已有對敵太陽使者的經驗，身形一低，蛇般的滑了開去，並順手拉起宋終，

擋在他面前，邊道：「你快退到一旁去。」

豈料這宋終的心眼比針眼還小，不但不感激，反而覺得他有意讓自己喪盡顏面，居然

一劍刺向呂宗布背心。

這一下變起肘腋，又是從背後偷襲，呂宗布萬難逃過一劍穿心之噩運。

劍光又一閃！

宋終的劍還沒刺入呂宗布心窩，自己的心窩已被一柄劍洞穿。

是「拂風擺柳」江尚清。

俞斂至怪笑：「他們自己有矛盾，我們快加緊攻殺！」

七大劍派這一方，經過宋終這麼一陣瞎攪和，使得賀蘭棲真指派的陣形全都亂了套，只剩下被對方逐個痛擊的分兒。

程宗咬獨戰俞斂至，雖然干將寶劍鋒利，讓俞斂至縛手綁腳，但久戰之下，俞斂至的體力完全沒有耗損，程宗咬畢竟年事已高，累得喘吁吁，手稍一緩，被俞斂至的藥鋤搶入內懷，鋤在胸口上，鮮血狂噴。

呂宗布趕忙衝過來護住他。

項宗羽眼見院中的情勢愈來愈危急，崔吹風的琴聲依舊毫無作用，猛然想起音兒說過，他必須要在生氣的時候彈琴才行，便跳過去掐住了他的頸子，破口大罵：「你這個沒用的窩囊廢，當初在牢裡就該掐死你！

你快生氣啊！

崔吹風心中也急，但就是發不出脾氣，可憐兮兮的望著項宗羽。

庭院中，七大劍派已成散沙，賀蘭棲真忙叫：「大家盡量聚攏，縮小成一個防守圈……」

他話還沒說完，段思酒碗裡的黑血已潑了過來，半邊臉都被潑中，身形一晃，險此跌倒地。

「師父！」王屋派的弟子們趕來扶住他，但見他臉上一片紫黑，顯然已中了奇毒。

客房內，項宗羽急得扭住崔吹風的衣領，貼著他的臉大吼：「你知不知道，你的心上人音兒姑娘被他們欺負得好慘？」

崔吹風得知音兒下落，忙問：「她還好吧？」

「好個屁！她被他們打得重傷吐血，躺在客棧裡，此刻還不知有沒有命在？」

崔吹風一聽此言，禁不住心火直冒，雙手用力往琴弦上一揮。

俞毿至等人正攻得順手，突聞「咔」地一聲爆響，庭院中的樹木全都起火燃燒。

相柳這才發現自己的愚蠢，沒有及早控制住那個最關鍵的人物，但後悔已來不及了。

火勢延燒得比風還快，所有的亭臺樓閣眨眼都陷入火海，相柳心痛自己的財物就將付諸一炬，厲嘯連連，運起十成十的「千旋萬轉掌」搬水滅火。

他這功夫比不上「水漫天」，且火已燎原，又都是木造建築，這邊滅了，那邊又燒過

來，饒他本領再強也無法控制。

俞歙至抽身衝入客房，已不見崔吹風與項宗羽的蹤影。

庭院中，段思酒、段思肉受不了大火炙燒，早已逃之夭夭；夕陽使者獨木難支，也只好退到一邊。

青城掌門傀儡生扛起老徒弟程宗咬，下令：「護好賀蘭掌門，咱們撤！」

呂宗布也扛起了賀蘭樓真，與眾人一起翻出牆外，項宗羽已揹著崔吹風在外等待。

眾人一口氣奔出十幾里，回眼只見熊熊大火籠罩住整個須家莊，騰滾的黑煙遮住了半壁天空，木屑在火燄中亂噴亂濺，恐怕連一根柱子都不會留下來。

連逢殺陣

眾人出了金陵城，走沒多久，賀蘭樓真便道：「放我下來吧。」

呂宗布聽見他氣息微弱，趕緊把他放在地上。

一百一十二歲的老劍客臉已全黑，只剩下了一口氣：「其實我早已算到自己活不過今年……哈哈，算得真準……算得真準……」頭一歪，就此氣絕。

王屋派弟子放聲大哭。呂宗布默默向眾人行了一禮，又朝江尚清道了聲謝，便扛起師父的屍身，率領師兄弟們離去。

傀儡生放下程宗咬，見他面如白紙，昏迷不醒，顯然傷得不輕，不由紅了眼眶：「老傢伙，你可別死，我最喜歡的徒弟還是你……」

程宗咬候地睜開眼睛：「師父，原來你這麼肉麻！」

傀儡生氣道：「你還是死了好！」

此時天已微明，忽見一條嬌小的身影從林中奔出，卻是音兒。

她心懸崔吹風的安危，不願在客棧枯等，勉強撐持著奔來接應……「崔郎，你沒事吧？」

崔吹風急問：「妳的傷怎麼樣了？」

「還好……」音兒感激的抓住項宗羽的手。「你果然是個大俠！」

逍遙子道：「咱們還沒脫離險境，不要放鬆得太早。」

果不其然，俞燄至和夕陽使者又追了過來：「把火琴留下！」

逍遙子當機立斷：「宗羽，你護著崔公子與宗咬快走，崔公子太重要了，絕對不能落入歹人之手。」

項宗羽兀自猶豫，傀儡生也道：「你們沒聽見嗎？快走！把干將還給我殺妖怪。」

音兒便把程宗咬懷中的寶劍拋了過去。

逍遙子、傀儡生、金頂仙率領子弟與「鐵拳」霍連奇聯成一條防線，羅浮派掌門陰陽子和終南派掌門臥雲客並未加入，怔怔的瞅著項宗羽等人離去，心中不知打著什麼主意。

破滅的愛情

項宗羽揹著程宗咬，崔吹風一手扶著音兒，一手抱著琴，逕往北奔，不久便來至大江邊上。

天已大亮，不利逃亡，項宗羽望見一座小丘下有個山洞：「大家都累壞了，先躲進去休息一下。」

四人剛剛安好身，崔吹風就把懷裡的琴往地下重重一摔。

音兒一楞：「你怎麼啦？」

崔吹風賭氣道：「我居然變成了大家爭搶的對象，還有人為我受傷，甚至丟了性命。唉，怎麼會變成這樣？我以後不再碰琴、不再奏樂了！」

音兒大叫：「這怎麼可以？」

項宗羽道：「你別忘了，人類有了火，才有文明。」

崔吹風哼道：「什麼文明？不過能把東西煮熟了吃，有什麼了不起？」

「我的靈魂就是火，會燒掉所有的東西！我根本就是個只會搞破壞的人！」

她話說多了，又有點喘息。

崔吹風急道：「妳快躺著，多休息一下。」

音兒緊握他的手：「冷的時候還可以取暖啊。」

項宗羽忙著給程宗咬處理傷口，音兒自理調息。

崔吹風望著地下的琴，又覺得它太可憐，重新抱回懷中。

音兒此刻安了心，很快的就驅走胸中的積鬱之氣，漸漸神清氣爽，但她猛然想起，父親共工還不知道相柳叛變，萬一相柳跑去安南暗下毒手，父親可不危險了？

如此一想，簡直片刻都坐不住，立時跳起身來就往洞外走。

崔吹風忙問：「妳幹什麼？」

「我要趕去大瞿越警告父親！」

大瞿越？崔吹風雖沒聽過這地方，但對於現在的他而言，頗具吸引力……「我跟妳一起去。」

音兒反而一楞。

崔吹風道：「我只想跑到一個遠遠的地方去躲起來。音兒，妳……不會趕我走吧？」

「當然不會！」音兒又緊握他的手。「但是你躲起來，然後呢？」

「沒有什麼然後，我就把我娘接來，一起躲上一輩子。妳喜歡聽我彈琴，我就只彈給妳一個人聽。」

「你就這麼甘於平凡，永遠都不出現在世人眼前？」

「我本來就是個平凡人，也只想做個平凡人。」崔吹風誠摯的說。「只要有一個我愛、

也愛我的人，就夠了。」

音兒激動的倒在他懷裡，她何嘗不嚮往這種日子？

然而，一想起父親，她的心就沉了下去⋯⋯「崔郎，你是火，我是水，我們兩家本是世仇，我爹不可能同意我們⋯⋯」

愛情讓人勇敢，崔吹風一挺胸膛：「我去說服他！」

「崔郎，沒這麼簡單。」音兒不得不吐實：「有件事情一直瞞著你⋯⋯我這次出外，本是為了替我爹尋找火琴，因為他想藉此稱霸天下。你若去了，一定又會被他抓住，到時候，唉，我怎麼辦？」

崔吹風心頭猛震：「原來妳說妳喜歡我，都是假的？」被騙的感覺瞬間充滿胸口，純真的愛戀之情被擠得無處容納，泡沫般的破滅了。他面如死灰，連連倒退。「原來妳也跟那些人一樣，只是想利用我？」

音兒急道：「不！當然不是這樣！崔郎，你聽我說⋯⋯」

就在這時，相柳的聲音遠遠響起：「大小姐，別躲了，妳已經受了傷，快出來讓我替妳療傷。」

他的聲音愈來愈近，渾厚的音波震得長江水面都起了粼粼波紋。

事態緊急，音兒無法再跟崔吹風多做解釋⋯⋯「萬一被他找來這裡，我們全都是死路一

條。」

項宗羽拔劍在手，準備最後一搏。

音兒暗想：「他一人決非相柳對手，他若抵擋不住，崔郎與程老頭兒也死定了。」當下做出決定，往洞外走去。「你們先別動，我去誘開他。」

項宗羽道：「妳有傷在身，如何使得？」

音兒一笑：「你們放心，前面就是大江，我只要一入水，他再厲害也奈何不了我。」

音兒潛身走離山洞幾十丈遠之後，才跳起身來高叫：「老妖怪，你背叛我父親，看我會不會去跟他告狀。」

相柳顯然急了：「小賤婢，我非殺了妳不可！」

音兒順著江岸迤往西奔，逗得相柳緊追不捨，覷他逐漸逼近，方才哈哈大笑：「老妖怪，你敢跟我到水裡玩一玩嗎？」

縱身往江內一跳，剎那間沒了蹤影。

相柳厲喝：「我還怕了妳不成？」也「噗通」一聲，躍入江中。

又被掐脖子

項宗羽又等了一會兒，方才揹著程宗咬走出山洞。崔吹風仍呆坐不動，他被音兒的一

番話弄得心神俱喪，已忘卻身之所在。

項宗羽厲聲道：「現在不是煩惱的時候，快走！」

崔吹風沒情緒的跟著項宗羽朝東亂走，沒能走出多遠，又見段思酒、段思肉迎面而來：「好咧，得來全不費功夫。」兩人又取出血碗，準備運起「血海神功」。

項宗羽放下程宗咬，二話不說的猛攻而上，他知道必須以快制敵，否則等他們碗中的毒血起了作用，可就更難纏了。

此時，程宗咬略清醒過來，催促著說：「崔公子，你快彈琴啊！」

滿心頹喪的崔吹風把琴放在腿上，行屍走肉般的彈著琴，奏出來的音符零零落落，全無作用。

段思酒、段思肉的拳腳功夫也很紮實，一邊運功，一邊阻擋敵人的攻勢，尚能遊刃。

項宗羽大叫：「掐他脖子！掐得他生氣！」

程宗咬勉力爬起，雙手扼住崔吹風的咽喉：「喂，我要掐死你嘍！我掐、掐、掐！喂，你快生氣嘛！你為什麼不生氣？」

失了魂的崔吹風實在無氣可生，段思肉心中不耐，率先把碗中血潑了出去，雖因時間倉促，「血海神功」尚未達到最大的效力，但項宗羽被潑中肩頸，仍然立發一陣暈眩，不

碗中的鮮血漸漸變成暗褐之色，愈彈愈乏力。

支倒地。

段思酒、段思肉大步上前，正要舉掌擊碎他的頭顱。

天空上猛然衝下一個龐大的黑影，撞在兩人背上，將他倆撞飛了七、八丈遠，落入江中。待得頭暈腦脹、滿肚子水的爬上岸，那黑影已翩然消失於天際，崔吹風等人全都不見了。

「那是什麼鬼東西？」段思酒、段思肉搔破腦袋也想不出個所以然，只搔下了幾條吸附在光腦殼上的水蛭。

奇幻旅程

崔吹風緊緊抱住一根桅桿，百思不解的望著自己身處的環境。

這是一輛車嗎？怎麼卻有帆？

這是一艘船嗎？怎麼卻在天上飛？

站在尾端掌舵的那個小道士好眼熟，惶惑間腦中混亂成一團，竟想不起他是誰？

程宗咬躺在艙底笑道：「這應該就是傳說中『奇肱國』的飛車了，我這輩子能坐上一次，死也無憾。」

小道士笑道：「程老俠，你們爲何如此狼狽？」

崔吹風老是記不住人臉的形狀，但對於聲音的記憶極佳，聽出他是「五印國師」莫奈何。

「唉喲，小莫道長，原來是你？你怎麼會出現在這裡？」

莫奈何苦笑不答。

他凝戀梅如是，但自慚形穢，只能悶在心中。然而，十月間在敦煌勇敢表白了自己的心意之後，就不太敢面對她，又因顧寒袖前程似錦，他二人匹配，當然是段好姻緣，萬一梅如是對自己產生了好感，那豈不是反而誤了梅如是的終生？

他思前想後，覺得自己再留在開封不但多餘累贅，而且有害無益，不如出外流浪，將感情付諸山水。

他有一輛奇肱國製造的飛車，彈指之間便能遨遊萬里，不料胡亂飛到此處，恰巧救下崔吹風等人。

崔吹風又問：「是那梅大將請你來救我們的嗎？」

莫奈何還未及答言，他背上的葫蘆裡就發出一個女人的聲音：「梅大將、梅大將，說來說去都是什麼梅大將，煩不煩哪？」

崔吹風嚇了一大跳：「你……這葫蘆怎麼會說話？」

「因為他那葫蘆裡藏了隻妖怪。」項宗羽內功精湛，逼住了毒性，已可勉強挺身坐起。

「你可別去招惹她。」

崔吹風更奇了：「能夠躲在葫蘆裡？這妖怪只有多大？」

「她是個由櫻桃變成的妖怪。當年因為生長在樹上的位置絕佳，得以盡量吸收日月精華，七千多年下來，一顆小小的櫻桃竟變成了西瓜般大，並且修得了一些成果，可以化為三種人形，到處搗蛋做怪，但她的真身只有六寸，住在葫蘆裡正好。」

崔吹風又問：「那她為何要跟著小莫道長？是被小莫道長降服了嗎？」

那葫蘆呸道：「憑他也能降服我？我只是跟他……意氣相投罷了。」

項宗羽一笑，不再往下說。

其實這櫻桃妖的想頭可複雜了，她雖已修鍊成精，但仍嫌不夠，還想多多吸取男子的元陽，以更上一層樓，其中尤以處男的元陽最為滋補寶貴，一個處男可以比得上一百二十五萬個隨意亂噴亂射的爛貨。

後來她碰到了莫奈何，一眼就看出他是個百分之百的處男，當然想盡辦法去勾引他，然而直到今天還未能得手，她只好死死的跟定他，還要千方百計的保護他不受別的妖怪茶毒、不受別的姑娘誘惑。

但她的道行有限，膽子又小，既怕水、又怕火，又怕寶刀寶劍、和尚道士，有時候反而需要莫奈何來保護她。

一人一妖處在一種極其微妙的狀態之中。

莫奈何好不容易弄清楚崔吹風等人遭遇到了什麼事情之後，便問：「項大哥，那現在咱們要往何處去？回雁蕩山嗎？」

「掌門人不知怎麼樣了？」項宗羽憂心如焚。「現在回去也沒什麼用。」

莫奈何想了想：「我家住在括蒼山腳下，離雁蕩山不遠，不如先到我家去養傷。」

莫奈何回老家

括蒼山下的「莫家村」是方圓五十里內最臭的地方。

村裡全是養豬戶，百多戶人家養了上萬頭豬，想要嗅點清淨之氣簡直比登天還難。

莫奈何為免驚世駭俗，把飛車藏在村外，再與崔吹風一起扶著項宗羽、程宗咬回到老家。

這是一間木板快要爛光的木板房，還好屋頂的茅草勉強遮住了廚灶部位，總算保留了一絲絲「家」的味道。

才一進門，莫奈何的爹娘就咋唬開來：「你這死鬼東西，快一年沒回來了，在外頭野些什麼呢？」

莫奈何陪笑：「就是到處逛逛，增長見識嘛。」

莫奈何的爹叫作莫仇問，偏偏什麼都要問：「你那師父提壺道人已經回到了山上的『玉虛宮』，竟像得了失心瘋，整天胡言亂語，怎麼回事？你那些師兄都不見了，怎麼回事？你已經不小了，不帶姑娘回家，卻帶了三個男人回來，怎麼回事？」

莫奈何無法介紹他們三人的身分，只得瞎說矇混。

莫奈何的母親被村人稱作「十八娘」，她只關心一件事：「你到底要不要娶妻生子？」

莫奈何出外流浪，就是怕想到這個問題，如果沒有梅如是，他絕對不可能跟誰成婚。

被母親逼得急了，猛地靈光一閃：「我去撒泡尿，回來再說。」

莫奈何跑到豬圈後頭，把葫蘆塞子一拔，向內大喊：「喂，出來幫個忙。」

六寸大的櫻桃妖懶洋洋的爬到他肩膀上坐著：「幹嘛呢？」

「要妳假裝成我的老婆。」

櫻桃妖把眼一瞪：「為什麼要假裝？做你真正的老婆不好嗎？」

「唉，現在別扯這些」，先幫我過我爹娘這一關。」莫奈何略一沉吟。「我先去做個開場白，妳等下再進來。」

莫奈何返身入了家門，對父母嘻道：「我剛才尿急，沒聽清楚你們說什麼，其實我早就已經有相好的了。」

莫仇問、十八娘大喜過望：「就知道你小子有辦法，這次有帶回來嗎？」

「有有有，就在外面。」莫奈何向外呼喚。「洪櫻桃，進來吧。」

櫻桃妖在外聽見，腦中轉動著壞主意：「哼，只要我假裝，不當眞的，我就讓你出醜出個夠。」

她已練就三種造型，一種是十六、七歲的少女，美豔無比；一種是三十左右的少婦，妖嬈無匹；還有一種是四十多歲的大娘，粗壯無敵。

照理說，她應該變成少女造型，她偏不，身子一搖，變成了那粗壯大娘，一搖三擺的進了莫家門。

莫仇問、十八娘滿心期待著一個清純少女，不料走進來的卻是一個目如牛卵、鼻若火爐、口似血盤、滿嘴獠牙，屁股渾似水缸，臂膀如同橡樹根的母夜叉！

莫仇問、十八娘驚呆半晌。「這……這位就是洪櫻桃？」

「正是奴家。」櫻桃妖盈盈一禮，差點把門板都撞塌了。「奴家拜見公公、婆婆。」

莫家二老更驚。

什麼？已經叫起了公公婆婆，還得了！

莫仇問忙問：「你們有……那個嗎？」

「早就『那個』了。」櫻桃妖假做嬌羞。「奈何很纏人，一天都要『那個』好幾次呢！」

莫仇問跳腳：「我不是問『那個』，是問你們已經拜過堂了嗎？」

「當然，我跟奈何情投意合。」櫻桃妖摸著肚子。「而且奴家已經有了。」

十八娘悶哼一聲，就此暈倒在地。

莫仇問面向莫奈何大罵：「你怎麼不先經過我們同意？你在外面亂搞，我們可不認！」

櫻桃妖雙手插腰，眼瞪如鐘，暴喝如雷：「莫大叔，你說什麼？你兒子糟蹋了我，你們還想賴帳？我告訴你，事已至此，誰都別想破壞我跟奈何的山盟海誓！」

莫奈何在旁早已氣炸了，又不能辯解什麼，只得揹起程宗咬：「崔公子，你扶著項大哥，我們去找大夫看病。」

如此醫館

莫奈何當先走到一間磚頭都快坍光的磚房前：「左富貴大爺在嗎？」

一名胖嘟嘟的中年人出現在門口：「唉喲，摸奶何，你回來啦？」

崔吹風暗笑：「小莫國師的小名竟然叫作摸奶何。」

「有兩個病人要給你瞧瞧，一個有外傷，一個中了毒。」

程宗咬細瞅那磚房，實在不像個醫館，悄聲問道：「這大夫行嗎？」

莫奈何輕咳兩聲：「鄉下小地方，當然沒有像樣的大夫，但這左大爺算是挺不錯的。」

說起這左富貴確實非同小可，因為他是當今天下最棒的獸醫，尤其會醫豬，所以有個外號叫作「豬王」，在很多村落都設有據點。他還當過一年多的「行屍」，只是他自己不知道罷了。

左富貴略瞧了瞧兩人的傷勢、症狀：「不難醫，沒事兒。」從瓦罐裡取出一些黑糊糊、焦黏黏的東西，塗在程宗咬的傷口上；又從陶罐裡拿出幾顆發了霉的藥丸，塞入項宗羽嘴裡。

莫奈何忽然想起：「《山海經》裡有記載，中曲之山有種樹木，名叫櫰木，樹形像棠，圓葉子，紅色的果實跟木瓜一樣大，吃了這種果子就能增強體力，用它來治傷，有用嗎？」

「你別亂出主意，那種東西吃多了，男人會不舉，女人變男人。」

莫奈何心中一動，還想追問，赫見屋外聚集了一群村裡的小孩，大聲笑鬧著：「摸奶何娶了個大奶婆，以後有得摸了！摸奶何娶了個祖奶奶回家⋯⋯」

原來櫻桃大娘成為莫家媳婦的事情早已傳遍了全村。

莫奈何氣得很想衝出去砍人。

正亂間，有人高喊：「仇樂老爺來了！」

緊接著就見一個乾癟癟的老頭兒走了過來，村人紛紛讓路。

崔吹風一見此人，極為不悅的童年回憶立即翻湧上心頭，當年禁止崔家演奏音樂，又

掌摑他父親，強迫他奏哀樂的縣令就是此人。

不料現在他已退休了，老家正是莫家村。

崔吹風低聲問道：「他是你們的族長嗎？」

「他不是族長、不是村長，算是我的遠房堂伯吧。」

只見他走到磚房前，恭恭敬敬的跪下：「草民拜見國師。」

村民們都嚇壞了！

這莫仇樂當過縣令，在村中的地位自然很高，他竟給莫奈何下跪，還叫他國師，這是怎麼回事？

莫仇、十八娘都被這陣騷動逗引得跑了過來。「堂兄，你給我家小子下跪？你沒瘋吧？」

莫仇樂反而意外，悄聲道：「我還以為你們早就知道了。」

「知道什麼？」

「令郎是五印國師，大宋、大遼、夏國、高麗、于闐的國師！」

「五印？一印就夠壓死人，他有五印？」

村人們統統都跪下了。

櫻桃妖大刺刺的站到場中央，雙手插腰，瞪眼如蠻牛：「剛才誰說我是大奶婆啊？」

「誰？給我站出來！」

一個十一、二歲的小伙子被同伴推搡出來，滿臉驚恐，渾身發抖。

櫻桃妖拍了拍他的頭：「這外號取得真好，你們如果能取個更好的，老娘重重有賞！」

婆婆賺到了

莫家的晚餐從來沒有這麼豐盛過。

莫仇問、十八娘呆呆的望著櫻桃妖從那破爛不堪的廚灶端出一盤盤大菜，真不知她是如何辦到的？

「公公婆婆，這都是奴家的孝心。」

莫仇問連聲道：「真香真香，一定好吃。」

十八娘連聲道：「妳這媳婦兒真有辦法，自從我嫁到莫家之後，就沒吃過這種大菜。」

「希望公公婆婆滿意奴家的手藝。」

「一定滿意！」

莫家二老就要開動。項宗羽、程宗咬都在左富貴的「醫館」養傷、療毒，所以就只有崔吹風在座，也想跟著大快朵頤。

莫奈何滿心疑惑：「你們先別吃。櫻桃，妳出來一下。」

櫻桃妖慢吞吞的跟著他走到外面。

「我家什麼食材都沒有，妳快招供，那些大菜都是怎麼來的？」莫奈何質問。

「我變的囉。」櫻桃妖打呵欠。

「用什麼東西變的？」

「不告訴你。」

莫奈何偶一轉頭，發現豬圈裡的餿水桶都空了，大驚：「妳……把餵豬的餿水都變成了大菜？」

櫻桃妖噗哧一笑：「唉喲，幹嘛這麼大驚小怪，反正吃進胃裡還不都是一樣？」

莫奈何衝進屋內，那三人已快吃光了，還一面抹嘴喳呼：「好吃好吃真好吃！」

莫奈何一口氣憋在胸口，幾快暈倒。

十八娘拍著身邊的椅子：「好媳婦，來，坐在我旁邊。」

櫻桃妖忸忸怩怩的走過去，大屁股只坐半邊。

十八娘愛憐的握住她的手：「妳幾歲啦？」

櫻桃妖反問：「婆婆幾歲了？」

「奈何他爹今年四十，我呢，三十八。」

櫻桃妖小聲道：「奴家今年四十八。」然後大笑著拍了拍十八娘的肩膀。「奴家本該

叫妳小妹，現在卻要叫妳婆婆，算是妳賺到了！」

搖滾樂的由來

冬夜如刀，使人希望月亮能投下一些溫度。

莫家的木板房全無禦寒作用，莫仇問、十八娘竟不怕冷，很早就睡著了。

莫奈何在廚灶下生起了火，與崔吹風、櫻桃妖圍著取暖。

爐火劈啪作響，崔吹風滿腦子都是音兒的影子，又想把她推出去，好不煩躁。

櫻桃妖偏偏歪纏：「崔公子，彈首曲兒來聽聽吧？我好喜歡聽的哩。」

崔吹風驚訝：「妳聽過？」

「當然，我在葫蘆裡聽過很多次了。」櫻桃妖猛朝崔吹風拋媚眼。「要不，我變成少女的模樣給你看看，也許能引發你的靈感。」

莫奈何罵道：「妳別想勾引他，他可是有心上人的。」

崔吹風取了琴，毫無情緒的撥弄了幾下，可彈得荒腔走板、沒音沒調。

自從他知道自己是火神的後裔之後，就不曾忘情演奏過，因為別人只想借用他的神通，逼他發怒而已。

莫奈何聽了一回，乾咳道：「我從來沒聽過這麼難聽的音樂。」

櫻桃妖也道：「你是怎麼啦？江郎才盡了？」

崔吹風重重一嘆：「我……心裡煩！」

櫻桃妖道：「我聽你說起過，音樂是靈魂的聲音，怎麼著，你的靈魂被那個丫頭拐跑了？」

「也不全然如此。」崔吹風懊惱著。「我現在知道，我的靈魂就是火，一不小心就會燒掉一切的東西。」

櫻桃妖生性最怕火，一聽這話，連忙坐得遠遠的，再也不敢有勾引崔吹風的心思。

莫奈何邊往灶裡添柴，邊自笑道：「火就讓它火唄，你瞅我家裡有什麼東西可以燒的？」

爐火燒得更旺，配合著冬夜裡樹的聲音、霜的聲音、星星的聲音、獸發抖鳥畏縮蟲呻吟的聲音，天籟已在其中。

「我從前就覺得音樂來自於火，沒想到中原的音樂果真源於火。」崔吹風呆望著活潑跳躍的爐火，手指開始彈動，一串音符上夜空，溫度彷彿陡然間升高了好幾倍。

崔吹風來勁兒了，十根手指化作十根仙女杖，不可思議的樂章在他手下輕鬆迴旋、強擊重震。

全村的人都醒了，蹦蹦跳跳的圍住了莫家；全村豬圈裡的上萬頭豬也都醒了，跟著亂

拱亂扭。

櫻桃妖擺動得幾近虛脫，仍興奮大叫：「你這眞是搖滾樂啊！」

崔吹風邊彈琴，邊訝問：「妳說搖滾樂是什麼意思？」

「他們一聽你的音樂，既搖又滾，不是搖滾樂是什麼？」

如此瘋狂了大半夜，忽見莫仇樂面色沉重的走到莫家大門外：「草民有要事稟報國師。」

莫奈何掃興的瞪向莫仇樂：「三更半夜的還有什麼要事？」

莫仇樂指著崔吹風道：「此等淫樂，實不宜在大宋國境內響起，還望國師明察。」

莫奈何失笑：「你管的事情還眞多。這音樂大家都愛聽，只要我在這裡一天，大家天天都有得聽。」

村民鬨然喝采。

莫仇樂討了老大沒趣，摸著鼻子走了，崔吹風一看見他的臉，心情就從雲端墜落地面，霎時住手不彈。

崔吹風想起父親失蹤的事兒，尋思著：「總有一天要找他問個清楚。」

我要吃早餐

一大清早，崔吹風就被一陣奇怪的聲音吵醒。

他不用探頭就看得見屋外狀況，全村人都聚集在廣場上做著各種體操，由十八娘領頭；村長莫仇飲則帶著一小隊人在山坡上跑步，莫仇問、莫奈何父子也在隊伍中跑得喘吁吁。

櫻桃妖打著呵欠道：「這個村子可奇怪了，還嫌不夠操勞嗎？」

崔吹風少年時曾有一段流浪歲月，對於各地的鄉村生活並不陌生：「照理說，養豬戶應該都很有錢，莫家村養了上萬頭豬，為什麼每一間房子都破破爛爛的，每個人都窮得像乞丐？」

好不容易運動完畢，莫仇問、十八娘走回屋裡，迫不及待的問：「媳婦兒，早餐準備好了嗎？」

櫻桃妖嗲聲道：「早就好囉。」

熱騰騰、香噴噴的早餐已擺在桌上，莫仇問、十八娘、崔吹風競相擠了過去。

莫奈何橫身擋住大家：「這東西不能吃！」

十八娘罵道：「你在外頭有媳婦兒照顧，成天吃香的、喝辣的，回到家來卻不讓我們吃？」

莫奈何有口難言，眼睜睜的望著父母與崔吹風把那一桌食物掃得精光。

「櫻桃，妳出來！」莫奈何又把櫻桃妖帶到暗處。「妳到底想怎麼樣？」

櫻桃妖委屈的睜著大眼：「我想怎麼樣？喂，是你要我假扮你的老婆，怎麼現在反要問，我想怎麼樣？」

「我沒有要妳用餿水去害他們啊！」

「他們不都吃得好好的？我保證，一個月以後，他們就跟豬一樣又肥又壯！」

「妳……」莫奈何起手甩了她一耳光。

櫻桃妖萬沒料到莫奈何居然會打自己，楞住了好一會兒，才暴跳如雷：「你不想活了？」

莫奈何怒道：「妳想殺就殺吧，我已經懶得成天跟妳窮攪和！」

櫻桃妖氣得渾身發抖：「你這個臭豬圈養出來的臭東西，有什麼稀罕？我早就厭透你了！」

莫奈何抖得也不輸人：「彼此彼此！」

櫻桃妖轉身就走：「我再也不想看到你！你死了，我也不會去你的墳上拜！」

櫻桃妖的眼淚

櫻桃妖老馬識途的來到括蒼山腳下的一個小鎮。

年初時，她曾經在這兒賣過炊餅，騙了不少年輕小伙子，想起那時的種種畫面，不禁噗哧偷笑，但她馬上又記起，就是在這裡，她與莫奈何首次相遇。

「哼，那時沒碰到他就好了，害我白白浪費了快一年。」

鎮上只有一間簡陋的小客棧，她走了進去，又不免觸景生情，因為她曾在這客棧裡勾引莫奈何，竟未得手。

她開了間房，要了桶熱水，現出六寸真身，跳入桶中，把幾天來的臭氣統統消滅乾淨。

她在浴桶裡游泳、逐波翻滾，享受美好的時光，熱水燙著臉頰似有一絲絲刺痛，讓她想起莫奈何打她耳光的那一幕。「那個死小莫，不給我元陽也就罷了，還敢打我？也不想想這些日子我多麼照顧他，好幾次還差點賠上了性命，他怎麼一點都不感激我？這麼些日子以來，他連一句體貼我、討好我、安慰我的話都沒有，我的一片真心都被狗吃了！」

想著想著便哭了起來，大滴大滴的眼淚把浴桶裡的水全都染紅了。

哭了半日，又把心一橫。「天下男人多得是，為什麼非纏著他不可？」

起身穿上衣服，化身變成妖嬈少婦的造型，走出房外。

經過走廊時，看見一間客房的門是開著的，床沿上坐著一個缺了右手的獨臂人，雖不

英俊，總還有點男人的樣子，便拋了個媚眼、擺了個性感的姿勢：「大哥，一個人不寂寞嗎？你叫什麼名字？」

那人道：「吳回奇左。」

「喲，好怪的名字，是姓吳，還是吳回？」

吳回奇左道：「吳回奇左。」

「你姓吳回奇左？那名字呢？」

吳回奇左道：「吳回奇左。」

櫻桃妖暗想：「他應該不是中原人，可又聽不出他說的是哪國言語。唉，管他的，反正元陽都一樣。」

「好吧，吳回奇左，吳回奇左。」櫻桃妖進了房，關上房門，坐在他的大腿上，雙手勾住他的脖子。「你想怎麼玩呢？」

吳回奇左道：「吳回奇左。」

「咳咳，只會這一句，咱們別說話了，開始動作吧。」

房門被人推開，又走入一人，這個可嚇人了，他也只有一隻手，卻生著三張臉！

櫻桃妖虎地跳起：「原來你們是妖怪？」

三臉人怪笑道：「在下名喚『魍魎』，聽說過吧？」

櫻桃妖一腳踢去，魁魁的手一翻便抓住了她的腳，再一掌拍在她頭上，登即癱軟在地。

魁魁隨手從床底下取出一把夜壺，將她夾脖子拎起，塞了進去：「四個時辰之後，精魄自化。可憐妳這小妖怪，幾千年的修行只是一場春夢。」

吳回奇左笑道：「吳回奇左。」

櫻桃妖在臊臭無比的夜壺中欲哭無淚。「早知道就不離開莫家村了。」

莫仇樂露出本相

崔吹風找到莫仇樂的住處，在門外高聲道：「莫縣令在嗎？」

瘦小乾瘪的莫仇樂出現在門口，一臉厭惡的表情：「你有什麼事？」

崔吹風盡量讓自己的心情平和、姿態輕鬆，緩緩道：「莫縣令，你不會認識我，但我認識你，我想問你一件事……」

「我怎麼不認識你？」莫仇樂呸道。「你是太平州崔家的人，對不對？」

崔吹風反而一楞：「你怎麼……」

「進來吧。」莫仇樂讓入崔吹風，把門關上。

崔吹風囁嚅：「我只想問問你，知不知道我爹當年為何失蹤？」

「你父親失蹤，不干我的事。」莫仇樂轉到崔吹風背後，突用胳膊勒住了他的脖子。

莫仇樂人雖瘦小，力氣可大得很，另一隻手取了條麻繩，俐落的將他綑綁妥當。

「你想幹什麼？」崔吹風既驚又懼。

莫仇樂面露獰笑，拿出一把亮霍霍的茱刀，高高舉起，似乎就要劈下。

崔吹風想大喊「救命」，喉嚨裡已發不出聲音。

驀聞窗外有人冷哼道：「這個老小子也想爭奪火琴？」

莫仇樂警覺四望：「什麼人？」

四面的門窗都被打碎，湧進了十幾個人，竟是羅浮派掌門陰陽子、終南派掌門臥雲客與十幾名派下弟子。「崔公子，我們找你找得好苦啊。」

那日離開須家莊後，他們沒跟逍遙子等人抵擋俞歙至與夕陽使者的追擊，逕自追蹤崔吹風的下落。

莫仇樂沉聲道：「何方江湖浪人，竟敢來我們莫家村撒野？」

「老頭兒，讓開！」陰陽子大剌剌的往屋裡走，但下一刻，刀光一閃，莫仇樂的茱刀刀尖已頂住了他的胸膛。「你才給我滾出去！」

陰陽子萬沒料到一個年邁乾瘪的鄉巴佬居然有這麼俐落的身手，當下楞了個結實。

臥雲客急忙發出命令：「宰了那個老東西！」

莫仇樂絲毫不懼，撮唇發出尖銳的哨音。

莫家村的機密

櫻桃妖含憤離去後，莫奈何才發覺好像失落了什麼重要的東西，後悔、憂急又擔心，在家中不停踱步，卻不知要往何處去追。

莫仇樂的哨音就在此時傳入，父親莫仇問立刻抄起門邊的鋤頭，母親十八娘則摵起飯桌旁的長條板凳，一起衝出門外。

莫奈何完全搞不清狀況，跟著他們亂跑出去。

但聽得人聲喧譁，所有的村民都手持鋤頭、鐮刀、鐵耙、鐵鑔，湧向莫仇樂的住家。

終南、羅浮兩派人馬眼見他們來勢洶洶，不敢大意，暫且放過了屋中的莫仇樂、崔吹風，拔出長劍，擺開陣勢。

臥雲客厲喝道：「你們這些種田的莊稼漢子，少惹麻煩，我們可是武林七大劍派之中的頂尖劍客，取你們的性命就跟拔雜草一樣容易！識相的快回家去抱老婆、逗孩子，別杵在這兒找死！」

村民們一起大笑：「這傢伙想嚇唬誰啊？當咱們莫家村是遊樂場嗎？今天就叫你們進得來、出不去！」

村民們各揮農具，從四面攻上。正所謂「行家一出手，就知有沒有」，村民們施展出來的雖都是最基本的動作，但根基紮實，力道沉猛，顯然經過長時間的鍛鍊，隨便一招就

讓敵人難以破解。

莫奈何在旁看傻了眼。

咦，那不是從小一起長大的遠房堂兄弟莫奈煩、莫奈熱嗎？怎麼鐮刀在他們手裡會開出一朵朵的花兒？

那不是堂叔莫仇常、莫仇追、莫仇方、莫仇墳嗎？怎麼耍起鐵耙比豬八戒還厲害？

再看自己的父母，莫仇問手中的鐵鋤就像薛仁貴的方天畫戟，十八娘的長條板凳更是虎虎生風，劍客們被她一打就一個大包。

村民們一輪猛攻，殺得兩派弟子叫苦連天。

項宗羽、程宗咬都還在左富貴的「醫館」裡養傷，見到如此情形，都笑著說：「用不著我們出手了。」

陰陽子見己方不是對手，覷個空檔，衝回莫仇樂家中，一把抓住還未鬆綁的崔吹風，大叫：「火琴已經得手，咱們退！」

忽聽一個聲音在他背後說：「吳回奇左。」

「毋回其左？」陰陽子不耐道：「退就是了，還管什麼往右回還是往左回？」

話沒說完，已被吳回奇左夾脖子拎起，從窗戶丟了出去，一摔十幾丈，跌了個不知天上地下。

三面人魍魎也出現在廣場中，一陣亂打，折了臥雲客的劍，兩派人馬只能落荒而逃。

莫奈何莫名其妙的問父母：「難道你們練過武術？我怎麼都不知道？」

莫仇問、十八娘還未及答腔，堂兄莫奈煩在旁笑道：「你十三歲就上山修道，不曉得的事情還多著呢。」

櫻桃妖的懺悔

魍魎、吳回奇左進屋解開了崔吹風身上的綁縛，躬身一禮。「少主，我們來晚了。」

驚魂甫定的崔吹風又傻啦，少主？什麼意思啊？

原來黃帝世系中的「火正」祝融有個叔叔乃是顓頊之子，名叫「魍魎」，不會死，住在大荒之野；還有個弟弟叫作吳回奇左。兩人都尊崑崙山的「祝融大神」為主公，並奉其後裔為「少主」。

魍魎晃了晃提在手中的夜壺：「來此之前，抓了個小妖怪，做為晉見之禮。」

屋外的莫奈何聽那夜壺中發出的號泣之聲好不熟悉，大驚道：「莫非是櫻桃？」趕忙衝入屋裡。

櫻桃妖在壺中哭嚷：「小莫救命！再過半個時辰，我就要化掉了！」

魍魎乾咳幾聲：「不知你們竟是舊相識。」揭了夜壺上的封印，放出一縷紅煙。

櫻桃妖聚攏之後，一頭撞入莫奈何懷中，痛哭失聲：「小莫，好可怕哦！我再也不要離開你了！」

莫奈何也不嫌她渾身臊臭，緊緊的抱住她，垂淚道：「好了好了，別哭壞了身體，以後就沒人替我掃墓了。」

莫奈何的祖宗

莫奈何走回自己家中，崔吹風大著膽子責問：「你為什麼要殺我？」

莫仇樂厲聲：「我沒想殺你，只想砍掉你那一雙手！」

「我……哪裡得罪你了？」

莫奈何皺眉不解：「堂伯，有話好說，你幹嘛要這樣？」

「你沒得罪我，是你的音樂得罪我了。」

莫仇樂拍了拍他的頭：「奈何，我不怪你，因為你還不曉得咱們氏族的源流。」

莫奈何十三歲就被父母送到山上的玉虛宮修道，對於自己家族的事情知之甚少。

莫仇樂轉身掀起掛在牆上的一張竹蓆，露出後面的祖宗圖像，一張臉墨黑墨黑，額角高高隆起，長相十分嚴肅怪異。

莫仇樂拜了幾拜，隆重介紹：「他就是我們莫家的老祖宗——墨子！」

一七八

「墨子?」莫奈何腦中一陣迷糊。「我聽說過這麼一個人。他是個教書先生,對不對?」

「你這不肖⋯⋯」莫仇樂如果不是看在他乃國師的分兒上,早就把他打趴了。「墨子姓墨名翟,我們的莫姓是取其諧音。」

莫奈何不解:「我們爲什麼要隱姓埋名?難道有仇家?」

莫仇樂狠瞪他一眼。「咱們『墨家』在戰國時代是顯學,讀書人若非儒家弟子便是墨門信徒,勢力可大著呢。咱們墨家子弟個個文武雙全,墨子老祖宗是木匠出身,很會製造各種器械,擅於城池攻防之術,小國有難,首都被圍,只要墨門子弟一登上城樓,敵人就會知難而退⋯⋯」

「這麼厲害?」莫奈何傻笑。「我爹怎麼從來都不告訴我?」

莫仇樂壓低聲音:「傳說本朝太祖趙匡胤興建開封宮城的時候,就請了你的遠房伯祖莫想通去裝設了各種極爲厲害的機關,外敵想要入侵,定被殺得片甲不留!」

莫奈何興奮的問:「哇,那可有留下當時的建築圖樣?」

「當然⋯⋯」莫仇樂瞟了崔吹風一眼,立馬改換話題:「咱們墨家還有一個特點,就是節儉、勤勞、樸實,莫家村的每一家其實都很有錢,只是從來都不亂花、不外炫。」

崔吹風咋唬:「我就說嘛,養豬戶應該都很有錢才對。」

「我家也很有錢？」莫奈何半信半疑。「家裡的牆壁都倒了，屋頂只剩半邊……」

「哪一家不是如此？」莫仇樂正色道。「墨門分成『談辯』、『說書』、『從事』三科，我們這一族屬於從事科，也就是負責出征、守城、勞務等事項，所以我們每天都要健身，以備不時之需。」

崔吹風恍然：「怪不得莫大叔、莫大娘都不怕冷。」

莫奈何嘻道：「怪不得我從小就要每天清晨跑上那麼一大趟。」又問：「但是堂伯，這跟你想要剁掉崔公子雙手有什麼關係？」

莫仇樂從爛書架上取下一本《墨子》，翻到〈非樂篇〉，唸著：「是故子墨子曰：姑嘗厚措斂乎萬民，以為大鍾鳴鼓琴瑟竽笙之聲，以求興天下之利，除天下之害而無補也。」

「是故子墨子曰，為樂非也。」

莫奈何聽得頭都大了，直叫：「聽不懂！」

「古之帝王以禮樂治國，希望用音樂教化百姓，結果呢，不但沒有達到這個目的，反而使得百姓貪圖逸樂，甚至發展出各種淫樂，不但浪費國家資源，而且讓君民都荒廢了正事，『上考之，不中聖王之事；下度之，不中萬民之利』。你想想看，單就製作樂器一項，每年要耗費多少樹木？為了奏樂，又讓多少年輕人不事生產、不務正業？總而言之，老祖宗認為音樂是最敗壞人心的東西，一定要徹底斷絕！」

崔吹風皺眉道：「莫縣令，這你可說錯了，敗壞的是人心，而不是音樂使人心敗壞。」

「胡說！」莫仇樂大怒。「你可知道《樂經》是怎樣失傳的？」

崔吹風想起顧寒袖當日之言：「是被秦始皇一把火燒掉的。」

「世間傳聞《樂經》毀於當年秦始皇焚書，其實不然，秦始皇雖然禁止醫藥、卜筮、種樹以外的書，但並未把它們統統燒掉，在首都『咸陽』的『守藏室』裡都留有正本，但後來項羽率軍攻入咸陽，屠城縱火，大火三月不熄，守藏室裡的書當然也都被燒光了。」

莫奈何不感興趣的打著呵欠：「原來是項羽燒的。」

崔吹風失望：「又不然！」莫仇樂冷笑道。「不管是誰燒的，反正就是被燒了。」

「又不然！」莫仇樂冷笑道。「事實上是，在秦始皇搜刮天下書籍之前，《樂經》就已經很少見了，因為當時的墨家『鉅子』——也就是掌門人——號稱『天下第一大俠』的墨必克繼承祖志，早已花錢把天下的《樂經》都買來燒了。」

崔吹風大驚：「原來是你們墨家毀了《樂經》！所以我爹一定是被你砍斷了手，或是被你殺了？」

莫仇樂一搖頭：「令尊真的跟我沒關係，別把這筆帳亂套在我頭上。」

《樂經》出土

莫奈何帶著垂頭喪氣的崔吹風回家，一邊說著：「仇樂堂伯雖然討厭，但從來不說假話，你爹的事兒應該與他無干。」

進屋見到沒事人兒一樣的莫仇問、十八娘，莫奈何便用上了質問的語氣：「你們為什麼從來都不告訴我，家族裡的事情？」

莫仇問忙關上門，其實四壁透空，關不關門都一樣：「奈何，你可知道墨家為何後來逐漸沒落？時至今日，幾乎沒人知曉墨家是什麼玩意兒，原因就是墨家實在太刻苦了，沒人願意過這種苦日子。唉，當然我也知道刻苦是一種美德、是一種淬鍊，但是苦得咧，有幾個人受得了了？我們生而為墨子後代，沒辦法，不過只要有機會，我們都會把孩子往外送，在外頭當個乞丐，都比留在家裡舒服。」

十八娘道：「莫家村的規矩是十四歲開始練功，十六歲才告知家族來歷，所以我們在你十三歲的時候就趕著把你送出去。」

莫奈何慚愧的低下頭：「爹、娘，我誤會了你們的一片苦心。」

十八娘賊著眼珠四面瞅了瞅，又想去關門。

莫仇問唉道：「就別管那門了。」

十八娘爬到破破爛爛的床下，從一堆破破爛爛的廢物底下取出了一堆非常老舊的竹

簡。「崔公子，你看看，你說的《樂經》是不是這個東西？」

莫仇問皺眉：「妳藏著的這是什麼？我怎麼都不曉得？」

「這是婆婆傳給我的，而且是她的婆婆傳給她的。」十八娘瞪眼道。「墨家有墨家的傳統，莫家的媳婦也有她們的祕密傳統，媳婦傳媳婦，免得被你們這些姓莫的男人燒得精光。」又對崔吹風說：「這上面除了宮商角徵羽，還有許多奇奇怪怪的符號，大概只有學音樂的人才看得懂。」

莫奈何笑道：「原來《樂經》竟是搖滾樂，怪不得老祖宗墨子想把它燒得精光。」

崔吹風把這些竹簡排列整齊，仔細望去，果然沒有什麼經文，全都是樂譜，再照著樂譜一琢磨、哼了哼，喜得大叫：「這才叫作搖滾樂呢！」

群魚戰相柳

不提莫家村裡的種種荒誕，話分兩頭，卻說那日音兒引誘相柳追趕，躍入大江之中，相柳現出九頭巨蛇的真身，騰浪而逐，聲勢駭人。

音兒暗笑：「到了水裡，就算回了我老家，看你還能贏得了我嗎？」唸動咒語，江中的大小魚兒瞬間全都聚攏過來。

「那壞人想要殺我，你們快幫幫忙。」

淡水魚多半沒有牙齒與攻擊力，但大江裡的魚兒何止億萬，集結起來足以亂人耳目。

相柳眼中充滿了鯉魚、草魚、鯽魚、白鰭豚、河海豚、刀魚、黑魚、青魚、鱒魚⋯⋯所組成的魚陣，牠們雖沒有牙齒，背上的魚棘來回磨擦，仍讓他辣辣生疼⋯還有那體型粗壯的娃娃魚，成百上千的只管往他身上壓。

音兒又召喚鰱魚：「快去撞他！」

鰱魚的頭最大，更是厲害的武器，幾千條大頭鰱聚到一處，宛若一根攻城的擂木，狠狠一撞，直令江搖岸動。

音兒再召喚擁有牙齒的鱘魚、鱸魚、鯧魚、鱔魚、鯰魚：「那條大怪蛇是魚類最大的敵人，大伙兒併肩子上，咬得他稀巴爛！」

魚兒們張開大嘴，只顧亂咬亂啃，還有電鰻雜在裡頭一邊放電、巨骨舌魚撐開巨嘴猛吞，弄得相柳遍體鱗傷，雙眼生花。

音兒趁著這機會，早已游出幾十里遠，估計相柳已追不上，便上岸稍事喘息。

身邊一聲狗叫，音兒轉頭看去，一條身軀像牛，生著一條蛇尾，脅下還有雙翼的古怪動物，正躺在岸邊打呵欠。

音兒笑道：「鯥魚，冬天已經到了，你怎麼還不死啊？」

原來這是一種住在陸地上的魚，冬天來臨就會死去，到了夏天又會活過來。

鰱魚不爽的說：「我正在這兒等死，妳別來打擾我。」

音兒道：「我就一直不懂，你明明是條魚，為什麼要住在陸地上？你要知道活在水裡愜意得多，陸上可危險了，各種各樣的走獸都喜歡吃你這種肥胖胖的東西，天上的大鳥也喜歡吃你這種肥胖胖的東西，人類更喜歡吃你這種肥胖胖的東西……」

鰱魚怒道：「我不喜歡住在水裡，就是因為水嘩啦嘩啦的很吵，不料上了岸還要聽妳這水神女兒的嘮叨！」

「好啦好啦，不吵你。」音兒想起自己已有兩天沒吃飯了。「喂，這附近有沒有什麼好吃的？」

「往南有個十字坡，坡上有間包子店，挺不錯的。」鰱魚又打一個呵欠。「可以讓我去死了唄？」

人肉包子店

音兒一逕南行，走出一程，果見前面有個包子店，熱騰騰的香氣引得她肚子咕咕叫，趕快進入店內坐下：「店家，來幾個包子。」

老闆是個瘦子，睬著眼睛不說話，盡瞅著老闆娘；老闆娘是個胖子，倒熱情，咧開胖嘴介紹著：

「我們有羊肉包、牛肉包、鹹菜包、甜餡包，都好吃，還有一種限量包子最好吃，可惜已

經賣完了。姑娘一種來一個吧?」

「一種兩個。」

老闆娘的眼睛笑得跟音兒一樣瞇細瞇細:「四種各兩個,那就八個了,姑娘吃得下嗎?」

「不夠吃,再叫。」

「來點水酒嗎?」

「好咧。」

酒先上了,又餓又渴的音兒捧起碗來就想喝,但剛湊到鼻邊就嗅到一絲異味,心知這酒裡攪了蒙汗藥。「怪道這家店開在前不巴村、後不著店的地方,方便他們做黑心買賣。」

又忖:「那鱠魚不老實,騙我來送死。」

音兒仍大口喝酒,全都喝到了衣服裡面去,然後就假裝趴在桌子上睡著了。

老闆娘拍手笑道:「又有限量包子的餡兒了!這個細皮嫩肉的,做出來一定挺好吃,明天要賣一兩銀子一個。」

瘦老闆走過來正想把音兒抱到後面去,外面又走入三個人,一坐下就大聲嚷嚷:「餓死了,有什麼包子只管端上來。」

老闆娘細瞧這三人,一個是雙耳都戴著金耳環的小伙子,相貌挺俊,刻意敞開前襟,

露出渾身豹紋刺青；另一人是個小胖子，極像了一個毬兒，面色金紅；最後一人的屁股特別大，褲子裡好像藏著什麼東西。

豹紋小伙子一嘴細細白白的牙齒，狐疑著問：「聽附近人家說，你們這包子店生意火熱，現在怎麼都沒人？」

老闆娘陪笑道：「限量包子上午就賣完了，所以下午比較冷清。」

大屁股的冷哼道：「什麼限量包子，根本是媚俗之舉……咳，什麼餡兒的？」

老闆娘道：「這是商業機密！先來點水酒吧？」

小胖子說：「好好好，我正渴著呢。」

三人唭巴唭巴的大口喝酒，沒多久就都罈厥過去。

老闆娘笑道：「又三個現成的餡兒，明天可以賣到下午去啦。」

老闆先把這三人扛入店後，放在大砧板上，用繩索綑好。

老闆娘覷定那個大屁股的客人：「這人的褲子裡肯定藏著什麼值錢的東西。」伸手到他褲子裡一摸，卻摸到一條毛茸茸的恐怖怪東西，嚇得抽手，再半褪下他的褲子一看，登即驚呼出聲：「這個人的屁股上怎麼長了一條狗尾巴？」

落難的神仙

這三個倒楣的「包子餡」是何來路？得從崑崙山眾神開始說起。

眾神的領袖是天帝，總辦公室就在崑崙之丘，一棟金黃色菱形十二面體的建築，材質全都是從墨路斯海溝裡挖出來的水晶。

走進大門，任何人都會被那沒有一根柱子的寬廣大廳嚇呆半分鐘。天帝的大辦公室當然在最頂層，其他神祇的座位都散布在大廳裡。每個神都有一個專屬的辦公區，由一垣矮矮的短牆圈住，正如同每個人都擁有一座自戀的城。

十月裡的某一天，天帝忽然來到大廳中，要召開全員大會。

這是挺特殊的狀況，崑崙眾神有三百六十五個，硬要湊在一起開會，經常雞飛狗跳。身軀像牛，生著八隻腳、兩個頭、一條馬尾巴的「勃皇」不滿的嘀嘀咕咕：「都快要到午餐時間了，還開什麼大會？等下少吃了兩口，誰賠我？」

澤神「延維」的身體是蛇形，生著兩顆人頭，身穿紫衣，頭戴旃冠，一副謙謙君子的模樣。一顆頭吼道：「只會吃，你還懂什麼？」另一顆頭卻道：「勃皇大哥最能認清現實狀況。」

不滿歸不滿，大家還是齊聚到大廳中央。

天帝的長相最普通，就是人的模樣，只不過肚子有點大，他手裡拿著一張長長的表

單：「百年一度的考績已經核定，大家應該都已經拿到了考績單⋯⋯」

八個頭的河伯「冰夷」，十六道眉毛一起皺了起來⋯「這已經是一個多月以前的事情，為什麼現在還要拿出來說嘴？」

天帝輕咳：「因為在這一個多月裡，我思考了許多事情，其中最重要的便是，幾十萬年以來，我們崑崙山雖有考績，但沒有獎懲，好啦，既然沒有獎懲，考績又有何用？」

勃皇鼓掌道：「說得好，負責打考績的那個人早就該廢掉了！」

眾神知道他就要完蛋了，都離得他遠遠的，勃皇卻還在那兒呼呼叱叱，冷不防一支尖銳的髮簪射在他的嘴角邊上，不識時務的嘮叨立時變成了痛叫。

西王母厲目白眉，滿嘴豹齒，還長了一條豹子似的長尾巴，滿頭蓬鬆的亂髮上戴著長長的髮簪與各種玉飾，激怒之時，這些可都是致命的暗器。

她走到勃皇面前，一聲長嘯，震得眾神耳鼓生疼⋯「你想要廢掉我？」

崑崙山的組織架構是這樣的：天帝手下有四方總管，南方是火神「祝融」，北方是海神「禺彊」，東方是木神「勾芒」，西方是金神「蓐收」；負責打考績的就是特別助理西王母，隨便一個字就能影響眾神的升遷，她還要掌管人間的災癘瘟疫與五刑殘殺。

勃皇發抖囁嚅：「這是天帝說的，不是我⋯⋯」

天帝又輕咳道：「我的重點不是要廢考績，而是要擬出獎懲的辦法。」

戴著兩隻金耳環的「武羅」是個渾身豹紋的小伙子，講起話來細聲細氣，就跟他的腰肢一樣細。他露出一口白牙，笑道：「勃皇大哥的笨，眾所皆知，所以就不必懲罰他了吧。」

不料西王母瞬即轉而面對他，又厲嘯一聲：「今天這場全員大會全都是因為你，你懂嗎？」

武羅一怔：「怎麼又有我的事？」

獸身人面的祝融騎在兩條龍的背上，冷哼著說：「若要人不知，除非己莫為。」

「你在那兒放什麼屁？」武羅直屬中央，不歸南方主神祝融管轄，所以對他毫不客氣。

西王母罵道：「你這小傢伙鬼點子最多，再這樣下去，統統都被你帶壞了！」

「帝江」笑道：「哪有這麼嚴重，武羅帶給大家的樂趣是別人都趕不上的。」他的身體就像一顆黃色的皮球，但多出了六隻腳、四隻翅膀，滾動時會發出丹紅色的火燄，平常最愛唱歌跳舞，當然擁護活潑的武羅。

西王母的目標又變了，對著帝江一聲長嘯：「你也有分！」轉眼瞥見長著一根狗尾巴的「長乘」想溜，又發一聲嘯：「你也別走！」

這次考績的結果，就他們三個沒拿到考績單，這可是千古以來從未發生過的狀況，所以他們早就有了心理準備，只是沒想到天帝居然發出獎懲之語。

獎也就罷了，但懲，是想要「懲」我們嗎？開什麼玩笑？

西王母從袖中抖出一張長長的白紙：「武羅、長乘、帝江，你們三個的罪狀都在這裡，要我一條一條的唸嗎？」

「妳唸！」

西王母又長嘯一聲，才開始照本宣科，大家聽得呵欠連天，大意不外如此——天帝在一萬年前曾經與妖魔首領「魔尸」有過一場賭賽，因而不准崑崙眾神干涉人間事務，直至今年三月，天帝贏了賭局，方才解除這條禁令，但武羅在此期間數度幫助人類，顯有藐視天帝權威之嫌；長乘也曾在人間偷偷自立門戶，霸占土地廟，並誘導人間皇帝趙恆圈選狀元；帝江呢，一逕跟著武羅瞎起鬨，還教導宮中內侍唱歌跳舞……

沒等西王母唸完，武羅等三人就七嘴八舌的辯解。

天帝一擺手：「你們別說了，我們已經研究過，懲處並不嚴重，只罰你們到人間服勞役三個月，期滿回山，一切照舊。」

武羅強聲道：「據我所知，幾千萬年以來，我們崑崙山上只有刑天一人受過懲罰，那是因為他打破了他的主管勾芒的腦袋……」

沒有頭顱的刑天從肚臍眼裡噴笑道：「我是折了他的翅膀，又在他臉上打了二拳。」

木神勾芒是東方總管，他是個人面鳥身的傢伙，可能因為木頭管多了的關係，使得他

的腦袋也跟木頭差不多，反應極為遲鈍，問他三十句話，頂多只得到半句回答，多半是：

「嗯，這個嘛⋯⋯」

終有一日，刑天受不了了，打了他一頓，因而獲罪，被趕出天庭一段時日，還鬧出了不少風波。

武羅又道：「我們的罪行比起刑天差得遠，你們罰過頭了！」

天帝轉問眾神之中輩分最高的女媧：「妳的意見如何？」

女媧已經沉默了幾百萬年，此刻仍是半字不吐。

天帝無奈的又咳一聲：「這其中當然附有赦免的條款——你們如果在人間建立了功勳，就可以赦免回山。」

武羅等三人一起質問：「怎樣才叫作建立功勳？」

簡單不過的問題，卻把天帝與西王母考倒了，悶了半晌之後，西王母才道：「就是⋯⋯

嗯，救苦救難，慈悲為懷，普度眾生。」

武羅跳腳：「這兩個字——媚俗！」

長乘哼道：「就兩個字——媚俗！」

西王母怒道：「那你們自己說，什麼才算是功勳？」

「這倒奇了，反要受罰的人自己回答？」帝江蹦跳著說。「依我看，敢跟妳對罵，就

是一種功勳！」

武羅轉念一想，反而笑了出來：「沒關係，三個月而已，就當我們去人間度假，才好玩呢，總比待在這裡強多了。我們走！」

三人掉頭就待離去，西王母忽在背後冷冷的拋出一句：「這三個月內，你們是沒有法力的，萬事小心哦。」

武羅、長乘、帝江大驚：「沒有法力？那我們被壞人害死了怎麼辦？」

西王母得意的長嘯一聲：「那就下地獄唄。」

「妳又偷天竺傳來的東西！」武羅大叫。「中原本來是沒有地獄的，就是因為我們一萬年沒出世，被許多外來的鬼東西攪得昏天黑地！」

天帝輕嘆：「你們要這麼想：我不入地獄，誰入地獄嘛。」

砧板上的歌聲

暗叫苦：

現在，武羅、長乘、帝江豬玀似的被綁在砧板上，腦中同時響起天帝的這句話，都暗

長乘罵武羅：「我們真的要入地獄了。」

人肉包子店的胖老闆娘右手拿起菜刀，左手就摸上了武羅的大腿。

長乘罵武羅：「都是你，好好的神仙不當，跑來變成了包子餡！」

武羅怒道：「賊婆娘，殺就殺，還輕薄我怎地？」

老闆娘捏了捏他的臉頰：「小鮮肉真俊！若不是我那死鬼在旁邊瞪眼，還真想跟你來上一腿。」

老闆娘不想再摸噁心的長乘，便去摸帝江的肥腳：「嗯，這個蹄膀好，就先拿他開刀。」舉起菜刀就想往下劈。

帝江苦著臉：「我最愛唱歌，以後都不能唱了，你們就再讓我唱一曲吧。」

「你唱。」

帝江邊哭邊唱：「我要下地獄，我要下地獄，我的身上都是油，丟到鍋裡炸一炸……」

在外頭假裝昏迷的音兒暗笑：「這人的歌聲還挺不錯的。」便也唱道：「小胖子，別慌張，救星就是本姑娘，把這黑店燒光光！」

老闆娘一驚：「那丫頭不是昏過去了嗎？快去看看，別讓她跑了。」

瘦老闆提著刀往外走，音兒已大剌剌的走了進來：「我本不想開殺戒，但你們實在太黑心了，不殺你們實在說不過去。」

右手一伸，一股水箭從中指激射而出，由瘦老闆的前額貫入、後腦透出，水濺在牆上一片殷紅。

胖老闆娘嚇壞了，跪伏在地：「姑娘饒命！」

武羅心中一動。「天帝不是要我們救苦救難，建立功勳嗎？」嘴上忙叫：「姑娘慈悲為懷，阿彌陀佛！」

長乘大罵：「你又剽竊佛經也就罷了，還唱什麼阿彌陀佛？」

武羅笑道：「反正我跟他不熟，叫他他又不會來。」

老闆娘仍疊聲求饒，音兒哼道：「妳不是說我細皮嫩肉，一個包子要賣一兩？」

老闆娘磕頭如搗蒜：「我……都是信口胡謅……」

音兒教訓道：「妳剛才說，一個要賣十兩，我還覺得妳慧眼識英豪，偏偏妳狗眼看人低，只賣我一兩？須饒妳不得！」手指又一伸，把老闆娘也捅了個貫腦穿。

武羅等三人尖叫喝采：「小姑娘真厲害，我們都欠妳一條命。」

音兒解開他們的綁縛：「你們是何方人氏？」

「我們是從崑崙山來的。」

音兒心想：「崑崙山哪會住得有人？簡直胡說八道。」

帝江極為諂媚的靠到音兒身邊：「姑娘唱歌真好聽，能再唱一首給我們聽聽嗎？」

「你唱得也不錯啊。」音兒抓起灶上的熱包子就吃。「我餓了，你先唱。」見他們都露出噁心的表情，笑道：「你們放心，他們剛剛說人肉包子已經賣完了，這些都是正常的包子。」

幾人高高興興的吃著包子，帝江抖擻精神，邊吃邊唱邊跳，逗得音兒直笑。

忽聞外頭傳來大隊馬車經過的聲音，緊接著又有人高喊：「店家在嗎？買包子囉！」

音兒聽那聲音好熟，探頭一看，來人金髮火眼扁鼻大嘴，竟是夕陽使者。

音兒趕緊縮回頭：「你們出去應付一下，隨便賣賣就好。」

音兒出了後門，悄悄繞到店側，只見車隊當先的一輛氣派非常，裡面坐著面帶微笑的俞斂至，後面跟著的十幾輛則都是帆布蓬車，遮得密密實實的，不知載著什麼貨。

「那妖怪在得意什麼？」音兒暗犯嘀咕。「莫非那些大車中載有他的法寶？」

音兒潛行至最後一輛，從帆布的縫隙間望進去，頓吃一驚。

車內只載了兩個五花大綁的人，竟是雁蕩派掌門逍遙子與青城派掌門傀儡生，兩人蓬頭垢面，十分狼狽虛弱。

又聽前一輛蓬車中一個粗啞的聲音罵道：「混帳王八羔子，想把老爺帶到哪裡去？老爺跟你們沒完沒了！」卻是「鐵拳」霍連奇。

音兒心忖：「想必峨嵋掌門金頂仙與『拂風擺柳』江尚清等人也都被抓了。」

當初她為了救崔吹風，跑到金陵城外的龍頭客棧求援，首先響應的就是這些人，現在他們遭到俞斂至生擒，自己豈能坐視不管？但她的傷還未痊癒，不會是俞斂至的對手；再說，她還得趕去大瞿越警告父親有關相柳背叛之事。

她慌亂的思索對策，夕陽使者已買完包子，上了馬車，率領車隊離去。

音兒回到包子店，聽見那三人在裡面咕咕噥噥的討論：「五十個包子就賺了一千五百文，這媚俗的生意挺好做的。反正老闆已經沒了，不如我們就占了這間包子店，舒舒服服的賣它三個月，期滿就可以回崑崙山了……對啊，人間太恐怖了，我們如果仍然在外面亂跑，說不定又會被做成麻辣人肉麵……都是武羅啦，盡說人間好玩，好玩個屁！」

音兒只當他們的精神不太正常，大步走進去笑道：「你們說得容易，誰會做包子？要揉麵、擀麵、做餡兒，還要黑心宰人。」

武羅等三人一聽，都像洩了氣的皮球：「還真不懂得揉麵。」

音兒道：「我倒有一個任務派給你們——你們趕去雁蕩山，找一個名叫項宗羽的人，告訴他，他的師父與許多武林同道都被一個叫作俞燄至的人抓了，目的地應該是廣南西路儂氏的大本營。」

武羅撓著腮幫子：「趕路？我們是來度假的，這麼操勞幹嘛？」

長乘摳著臭脖子：「這裡太熱了，我只想一天洗三次澡。」

音兒氣道：「喂，你們說欠我一條命，怎麼連這點小忙都不肯幫？」

武羅等人不得已。「好吧，這應該也算是一件功勳。」

帝江不願跟他倆一起走，衝著音兒諂媚弓腰：「如蒙姑娘同意，我願意一路侍候姑娘，

洗衣、打雜，什麼我都幹，只要能跟姑娘學唱歌，我就心滿意足了。」

武羅看出他愛上了音兒，悄聲警告：「你這傢伙給我仔細點，你若愛上了人間的姑娘，可就當不成神仙了。」

帝江眼中爆出夢幻的色彩：「我寧願不當神仙！」

大瞿越國

大瞿越首都「華閭」的宮殿外，正舉行盛大的巨蛇宴。

一整排籌火上架著一條兩丈多長的大蟒蛇，君臣同坐一處，用小刀割蛇肉來吃。

音兒帶著帝江到來，引發一陣騷動：「洪工的女兒來了！」

髮色赤紅的共工大喜迎接：「音兒？妳怎麼一個人跑來，妳的相柳大叔呢？」

音兒先抱著父親撒了一回嬌，才小聲道：「這些日子發生了不少事，等下再慢慢跟你說。」

共工望著跟在她身後的帝江：「這傢伙是幹什麼的？」

「他是我徒弟，想跟我學唱歌。」

「學唱歌？」共工狠瞪帝江。「你這個小胖子一臉賊相！我告訴你，你若心懷非分之想，我就把你跟那條蛇一樣，架在火上烤！」

「不敢!不敢!」帝江嚇得抱頭哭嚷,心中直喊:「沒被做成包子餡兒,倒要變成了烤肉串!」

共工帶著音兒來到大瞿越國君李公蘊面前,此人年約三十五,頗為和藹可親,與部屬們一同歡呼暢飲,不拘君臣之禮。

這個現今叫作大瞿越的國家,在漢、唐時期被稱為「交阯郡」或「交州」、「安南」,直接受到中原政權管轄,直至四十一年前,一個名叫丁部領的將軍統一了這塊地區,建立「丁朝」,才算正式脫離了中原的控制。

後來,手下大將黎桓篡位,建立「黎朝」,而黎朝只傳了兩代,末代皇帝黎龍鋌殘忍好殺,於今年十月間去世,他的兩個兄弟起兵爭奪皇位,掌管禁衛軍的「左親衛殿前指揮使」李公蘊掃平亂軍,在部屬陶甘沐與共工的勸說下,於一個月前自立為帝,是為「李朝」。

政權初立之際,當皇帝的總是比較平易近人,他跟共工、陶甘沐等幾個開國功臣幾乎不分彼此,喝醉了酒就共睡一床。

此刻,他把音兒叫到身邊,緊握著她的手,直說:「洪工,你的女兒就是我的女兒,我一定要幫她找個好夫婿。」顯然不知共工的底細,只以為他是個勇猛善戰的武將「洪工」。

音兒笑道：「李叔，不用您操心，我已經有意中人了。」

李公蘊大笑：「為何不帶來給我們瞧瞧？」

共工在旁聽得可不爽，找個機會把音兒拉到無人之處，追問：「妳真的有了心上人？是個什麼樣的人？」

「唉呀，爹，先別問這些，我要跟你說件要緊事——相柳叛了！」

共工聽完音兒的敘述，七竅冒煙：「九頭蛇混帳透頂，我定要把他抓來剝皮抽筋、取膽剖肝！」

音兒見父親發怒，不敢提起崔吹風的事情，但共工暴跳了半晌之後，不可避免的追問起火琴的下落。

「這……」音兒試探著問。「爹，如果你找到祝融火琴的後裔，會怎麼樣？」

「妳應該很清楚，我要利用火琴的威力，除掉威脅大瞿越的大理段氏與廣南西路的儂氏……」

「爹，你真的這麼效忠李公蘊啊？」

「我效忠他？」共工冷笑。「我是要利用大瞿越的兵力，一統南方，之後便要進取中原。我等了幾萬年，就在等這麼一天！」

「那麼……」音兒心中浮起一絲希望。「如果火琴能助你稱霸，你一定會善待他吧？」

共工咆哮：「我跟祝融不共戴天，我利用完火琴之後，就連人帶琴一起毀掉！」

音兒忍不住脫口：「爹，你也太不講情義了。就只會利用別人，如此稱霸又有何樂趣？」

你看那李叔，當上了一國之君，還是跟大家一起同樂，這樣不是很好嗎？大宋的開國皇帝趙匡胤也是如此，稱霸歸稱霸，兄弟間的情義還是照顧得周全……」

共工怒眼瞪視音兒，滿頭紅髮都豎了起來，神情煞是可怖：「丫頭，妳是在教訓我？」

「我……不敢……」

「我被祝融打敗之後，隱遁了幾萬年，這期間有誰跟我講過什麼情義？妳娘生下妳之後，生了一場大病，我到處求藥，有誰給過我一點幫助？只能眼睜睜的看著妳娘病逝。」

共工恨極齜牙：「人類的社會只講權勢，不講情義或其他任何東西，妳快丟開妳腦子裡那些不切實際的幻想。」

忽聽得宮殿前傳來騷動，共工帶著音兒大步走回，正見幾個探子回報：「儂氏大軍由兩個不知名的外人率領，已逼近『飛鳳江』，顯然想要越境進攻！」

音兒尋思：「兩個不知名的將領？肯定就是俞猷至與夕陽使者了。」

李公蘊臉色一變，還未說話，另一個方向又奔來幾名探子：「報！大理段氏陳兵『躍虎江』邊，必有所圖。」

李公蘊把酒杯一摔：「我推翻黎朝是我們大瞿越國內的家務事，招惹到他們了嗎？簡

直欺人太甚！」

共工上前，抓起大蟒蛇咬了一大口：「主公休得憂煩，我這就率領各谿洞首領去跟他們一決高下，若不殺得他們丟盔棄甲，我洪工提頭來見！」

四軍對峙

三國一起出兵的消息很快便傳到大宋境內。

廣南西路「轉運使」雍必大緊急召集部屬商討對策。

轉運使在唐朝本是專門負責糧食運輸的官員，到了宋朝，權力漸大，掌管稽查一「路」的財政，兼及各地吏員的考核，實際上成了「路」的最高行政長官，到了需要用兵之時，甚至成為地區的軍事指揮官。

雍必大指著壁上地圖：「照此情勢，不管哪一方獲勝，最後的目標都是咱們大宋。一場極大的亂事就要掀起，我們必須及早準備。」

雍必大算是個勇於任事的官員，當場點起三千兵馬，親自率領中軍，以兵馬監押狄揮武為前鋒，迅速推進至前線據點「天井關」。

此處正當大宋、大理、大瞿越三國交界處，關外便是「四江口」，盤龍、躍虎、飛鳳、金蛇，四條大江在此會合，正好形成十字交叉之狀。

二〇三

其餘三方的前鋒部隊都已抵達，隔江對峙，北方是大宋，南方是大瞿越，東邊是儂氏，西邊是大理。

雍必大見那三國來勢洶洶，不免憂心忡忡：「南方多年無戰事，將不知兵，兵不知戰，一旦廝殺開來，真不曉得會變成何種局面？」

導向飛火

崔吹風坐在括蒼山頂的玉虛宮前，練習著《樂經》上記載的樂譜，這是一闋磅礡浩瀚、繁複萬端的樂章，需要三十六具琴與其他七十二種樂器一起合奏。

崔吹風的琴藝早到了一琴勝百琴的境界，其他各種樂器的聲音全都在他腦海裡，不需伴奏，那些和音已自然蘊藏在琴聲之中。

層疊如浪、緊密似火的旋律迴盪在千林萬樹的頂端，每一個音符都在葉片上跳躍了十幾次，引發更多迴音，而後才彈向天際。

莫奈何與「劍怪」程宗咬走了過來。

因為莫奈何仍然仇視音樂，莫奈何便帶著同伴們搬出莫家村，住進山上的玉虛宮。

項宗羽體內的毒素已清除乾淨，他掛念師父與同門，早已急急忙忙的趕回雁蕩山去探望究竟；程宗咬的傷勢將近痊癒，也住進了道觀，跟莫奈何的師父提壺道人鎮日打屁。

此刻，程宗咬眼見崔吹風的手指愈彈愈快，樹頂葉片也震動得愈發厲害，不禁提心吊膽。「這小子是要把整座山都燒掉嗎？」

魍魉與吳回奇左也走了過來。魍魉道：「祝融是南方的守護神，不是破壞神，少主已明白這個道理，不至於引發火災，所以敢放膽彈奏。」

莫奈何悄聲問著：「你們總應該知道崔公子父親的下落吧？」

魍魉笑道：「祝融大神的後裔都是好脾氣，崔公子的父親崔一江更是八棍子都打不出一絲火氣，他自覺不適合擔任守護者的工作，便出外流浪，把任務交給了兒子。」

莫奈何道：「那日我狠掐他的脖子，跟他爹差不了多少。」

崔吹風一曲既罷，撫膝長嘆：「這才是正統的太樂與『長琴』之樂！」

程宗咬唉道：「音樂如何是另外一碼子事兒，你已經搞懂使用火琴的方法了嗎？」

「我已摸索出控制之法，只是還不懂縱放之道。」

程宗咬訝問：「如何叫作縱放？」

「就是……不會亂燒一通，而是想燒哪裡就燒哪裡。」

程宗咬興奮大叫：「琴一彈，就能燒掉目標？嘩！這功夫如能練成，天下還有誰會是你的對手？」

吳回奇左忽道：「毋回其左。」

程宗咬哼笑：「你就只會說這四個字嗎？」

崔吹風忽有所感。

彈琴之法是左手按弦，右手彈弦，吳回奇左要他「毋回其左」，難道是要他別管左手，如何使得？

但如果放開左手，每個音便都是空弦之音，既組不成樂曲，頑童隨手一撥也能發火，如何使得？

繼而又忖：「火琴就是我自己，我彈的琴都是普通的琴，所以關鍵在我自己身上。」

心中想著，只用右手食指空撥了一下琴弦，沒什麼作用。

古琴本只有五弦，分別是宮、商、角、徵、羽；後來周文王加了一弦，為少宮，周武王又加一弦，為少商。

崔吹風輪流用上每一根手指頭去撥每一根弦，還是沒用，正想放棄，忽見一隻蟋蟀跳過腳邊，便隨著牠跳躍的節奏，單指飛速連撥了角弦七下。

耳中聽得眾人大叫：「著火了！著火了！」忙舉目一看，就只右前方三十尺遠的一棵大樹著了火。

眾人撲滅火勢，崔吹風仍呆坐不動，腦中兀自一團迷糊。

魍魎道：「恭喜少主，終於摸著竅門了。」

就在這時，項宗羽帶著武羅、長乘匆匆趕來。「小莫，須借你的飛車一用。」

武羅、長乘七嘴八舌的敘述音兒要他倆轉述的話。

程宗咬大驚起：「我的師父與同門也被抓了？我們快去！」

崔吹風聽說音兒已前往那片區域，當然也想趕去。

莫奈何領著眾人登上飛車，加速飛往西南方向。

莫奈何一邊掌舵，一邊瞅著武羅，愈看愈眼熟，就是想不起在哪裡見過他？

原來，六月間兩人曾有一面之緣，但那時武羅假扮成內侍小黃門，讓他怎麼也連結不到一處。

反倒是武羅悄聲跟他說明原委。莫奈何驚道：「那你們現在就跟普通人一樣？」

武羅大嘆：「比普通人還差哩。人間的事情，半件都不會！」

國師率領的隊伍

飛車來至「天井關」外，莫奈何照例先把飛車藏好，才帶著眾人走向關門。

「現在我已經搞懂了一些官場習氣，所以大家的架子要大，別怪裡怪氣的。」莫奈何吩咐櫻桃妖。「這種時候最需要大娘的造型。」

項宗羽、程宗咬、吳回奇左等三個外貌比較正常的緊跟在莫奈何身後；魍魎戴了頂大皮帽，遮住另外兩張臉；長乘仍將狗尾巴藏在褲子裡，顯得屁股特別大；崔吹風抱著琴，

武羅晃動著金耳環，一群奇形怪狀的人來到關下，報上姓名。

守兵報入城樓，雍必大驚喜不置：「五印國師來得真快，當真名不虛傳。當初官家封

那小道士為國師，我還以為官家必是受到奸人蒙蔽，沒想到官家果真慧眼識英雄，這國師

封得太好了。」

當即整容肅冠，鄭重迎接於關門之外。

莫奈何等人大刺刺的登上城樓，遊目四顧，但見這片區域全都是高山峻嶺，四條大江

剖山而來，形成四條大峽谷，四江在此匯聚，洶湧的江水互相撞擊，激起滔天水勢，層層

疊疊的往上堆高，交織出來的水霧甚至可以升濺到峽谷頂端。

莫奈何心下驚駭：「這麼兇惡的大水，光是看著就頭暈了。」

四江切割山勢，四面都是絕壁，四軍各占領一方，遙遙相對。

突聞東面絕壁上的儂氏陣營有人高喊：「大宋聽著，我們這裡有許多俘虜，都是很重

要的人物！」

項宗羽、程宗咬急忙望去。

俞歆至和金髮闊嘴的夕陽使者押著逍遙子、傀儡生、金頂仙、霍連奇與十幾名各派弟

子，來到懸崖邊。

夕陽使者厲聲高叫：「雍必大，你立馬去把崔吹風和項宗羽找來，獻給咱們，否則，

這些俘虜，我們一天殺一個！」

言未畢，已抓出一名雁蕩派弟子，隨手一扔，把他拋到懸崖下的惡水之中。

項宗羽急怒攻心，程宗咬忙按住他：「你先別露面，他們若知你已在這兒，一定會更加過分。」

項宗羽轉身跑到崔吹風面前：「那俞豁至一直想搶你、害你，你趕快一把火燒了他！」

崔吹風搖頭猶豫：「我發火的技巧還沒練習純熟，恐怕不能準確的鎖定目標。而且音兒應該就在大瞿越那邊，我不能與他們為敵……」

項宗羽跳腳：「我沒要你燒大瞿越，你先燒儂氏那邊。」

「但……萬一我發火不準，把令師他們都燒了怎麼辦？何況，祝融是南方的守護神，主要的任務是維持和平，不能亂燒無辜。」

項宗羽說不動他，氣得很想去掐他的脖子，魍魎與吳回奇左緊緊守在崔吹風面前。他倆只顧守護少主，其餘的事兒一概不管。

程宗咬另有主意，悄聲向莫奈何道：「小莫道長，事態緊急，我們沒法再等了，必須借你的飛車一用，我們今晚就飛過去救師父與同道。」

莫奈何略一沉吟：「咱們剛到，先給他們來個下馬威也好。」

進了城樓，把雍必大請到一邊：「我們今晚就要行動，前去偷營劫寨。

雍必大楞了個結實，暗道：「峽谷既深且寬，江水又急，他們怎麼過得去？用飛的嗎？」

又聽莫奈何續道：「請雍大人派一隊兵，為我們做接應。」

雍必大又一驚：「江水如此湍急，根本沒船可渡，如何接應？」

莫奈何笑道：「士兵們不必渡江，就在岸邊接應即可。」

雍必大一頭霧水，繼而又暗忖：「五印國師的兵法應該可比鬼谷子，常人難測，我又庸人自擾個什麼勁兒？」

偷營劫寨

儂氏陣中的兵卒夜夜痛飲，非喝到大家醉倒為止。

俞餤至與夕陽使者的法力再強，也阻止不了這種行為。

兩人氣憤的走入儂全福的大帳，他也一灘泥似的躺在兩個變童的大腿上。

俞餤至一把將他抓起：「你們是來打仗的，還是來度假的？」

儂全福邊打嗝兒邊道：「四江口地勢險絕，大水奔得比野馬還快，就算有船也過不了江，所以從來都不是用兵之地。」他不滿的斜睨俞餤至。「現在你倒來怪我，我還想怪你把大隊兵馬帶來這兒幹什麼哩？」

俞餤至怒道：「本公子的計畫，說給你聽，你也聽不懂。」

儂全福直勁揮手：「反正沒人打得過來，大伙兒要喝便喝、要睡便睡，別再自找麻煩了。」

就在俞餤至氣得想殺人的時候，莫奈何的飛車已載著項宗羽、程宗咬、櫻桃妖飛越過峽谷，降落在陣營之外。

項宗羽道：「小莫，你不會跟人廝殺，就別進去，在這兒顧好飛車就行。」

莫奈何憂心：「你們只有兩個人，行嗎？」

程宗咬望著櫻桃妖涎笑道：「小妖怪可願意跟我們走一趟？」

櫻桃妖哼道：「你這老頭兒也想來吃我豆腐，也不瞅瞅自己，有這資格嗎？」

項宗羽躬身一禮：「有請櫻桃姑娘助咱們一臂之力。」

「這還差不多。」櫻桃妖一笑。「走吧。」

程宗咬唉道：「這年頭，還是俊男管用。」

營門的守衛都已醉得東歪西倒，三人沒費多少力氣就潛了進去，但營區頗大，不知道遙子等人被關在哪裡。

「咱們分頭搜。」三人分成三個方向尋找。

櫻桃妖心中嘀咕：「蒙著頭搜索是最笨的方法，找個人問清楚不就結了？」

二一〇

身子滴溜溜的一轉，變成美少女的造型，一搖三晃的在營內煙視媚行，但士卒們都喝醉了，竟沒人看她一眼。

櫻桃妖頗覺無趣，好不容易迎面來了個年輕士兵，便橫身擋住：「小伙子，挺帥的，今晚不寂寞嗎？」

那士兵的眼睛謎呀謎，笑起來兩顆虎牙一閃一閃：「我說妳這大姑娘跑到軍營裡來幹什麼？妳可知道這些醉鬼清醒過來以後會把妳怎麼樣？他們先把妳的衣服脫了，再把妳的褲子脫了，再把妳的抹胸也扯了，再把妳的肚兜也扯了，然後呢，他們就會……唉喲，我都說不下去了，生平第一次我會說不下去，因為實在太慘不忍睹啦！」

櫻桃妖心下不耐：「就沒碰過這麼嘮叨的男人。」將手往他肩上一搭。「你別光說嘛，就照你說的一件一件的做給我看嘛。」

那兵笑道：「哦，原來妳是想勾引我？唉喲，難得有姑娘想勾引我。不怕妳笑話，大概是我的運太背了，總是沒有姑娘看上我，我長得又不難看，對不對？我又沒缺隻手、少隻腳的，對不對？我的體格又挺不錯的，對不對？怎麼會沒人看上我呢……」

櫻桃妖沒好氣：「就是因為你太囉唆了！」

卻見程宗咬跑了過來：「妳們兩個丫頭在扯什麼呢？」

櫻桃妖一怔：「丫頭？他是個丫頭？」

程宗咬笑道：「她就是崔公子的心上人，音兒姑娘。」

原來音兒在南邊絕壁上也看見了日間的情形，暗自替逍遙子等人發急，湍旋的江水可難不倒她，便乘夜泅渡過來假扮成士兵，也正在尋找囚禁眾人的所在。

櫻桃妖呸了一口：「晦氣，讓我花這麼多精神去勾引一個女人！」

黑暗中人影幢幢，項宗羽已帶著脫困了的逍遙子、傀儡生、金頂仙、霍連奇、江尚清等人奔來：「快走！」

程宗咬唉道：「還是項老弟的效率最高。」

一行人跑向懸崖邊上的飛車停放之處。

「你們來得倒快，一個都別想跑！」整座軍營中唯二沒有醉倒的俞餤至、夕陽使者聽得動靜，急追而至。

櫻桃妖最不願跟這種半人半妖的怪物動手，一溜煙躲入莫奈何的葫蘆裡，再也不肯出來。

俞餤至念念不忘項宗羽在金山亭中的一劍之仇，赭鞭、藥鋤當頭劈下，項宗羽等人合力敵住。

音兒不管三七二十一，先一記「水漫天」灑向夕陽使者，兩人惡戰開來。

逍遙子等人被囚禁已久，幾乎已無戰鬥力，只靠項宗羽、程宗咬硬撐；音兒獨戰夕陽

使者也頗吃力，雖是半夜，那招「夕陽西沉」仍殺得她險象環生。

隔岸噴火

北壁上的崔吹風並未閒著，他一直抱著琴，坐在懸崖邊觀察東方的動靜。

烏雲移開，星光灑下，正好看見夕陽使者把音兒逼到了懸崖邊上。

崔吹風一驚：「音兒怎麼也在那裡？」

眼見音兒腳下一滑，摔了一跤，夕陽使者緊跟而上，一掌朝她頭頂擊落，崔吹風急得

單指在「武弦」上連彈七下，一道火燄從琴弦上激射而出，劃出一道詭譎的拋物線，飛越

過廣闊的峽谷，正中夕陽使者額角，把他整顆頭燒成了一塊焦炭。

魍魎擊掌喝采：「少主終於懂得火琴的使用之法了！」

崔吹風這才明白，撥彈每一根弦的不同位置，發射出去的火，距離與方向便都不同；

彈弦次數的多寡則可以控制火勢的大小。

音兒站起身子，朝著北壁大叫：「崔郎，你成功啦！崔郎，我好想你！」

饒她撕破嗓門，仍穿不透奔騰江水的如雷聲浪，崔吹風一點也聽不到，只能看見她在

那兒又蹦又跳，便高興的朝她使勁揮手。

音兒又指著項宗羽等人，他們正被俞燄至殺得七零八落。

崔吹風因見眾人都圍繞在俞餤至附近，不敢發出太猛的火，輕輕一彈「宮弦」，那火線巧妙的繞著彎，比鼬鼠還靈活的鑽過項宗羽等人身邊，然後鑽進了俞餤至左眼那個透明的眼窩內。

俞餤至頓時顱內冒火，慘嚎一聲，仰面便倒。

項宗羽猛衝上前，一劍朝他刺下，卻刺了個空。

俞餤至竟跟鬼魅一樣的消失了！

各有奸計？

雍必大派在北岸江邊負責「接應」的宋軍，聽到東面絕崖上傳下殺聲，便高舉火把、搖旗吶喊，虛張聲勢。

喝醉了的儂氏兵卒全都被嚇醒，以為宋軍已經渡河，嚇得亂奔亂竄；大帳中的儂全福酒意也沒了，大嚷：「退兵！」

幾萬儂氏大軍剎那間跑得精光，東壁上便只剩下項宗羽等人。

程宗咬笑道：「我們只出動三個人，就消滅了一軍。」

櫻桃妖大怒：「出動三個人？難道我不算是一個人？」

程宗咬陪笑：「咳咳……我是說，小莫道長沒去廝殺，所以不算是一個人。」

莫奈何用飛車分批將各派子弟帶回北壁，其餘諸人便趁著空檔，坐在地下休息。

項宗羽剛才沒能一劍刺殺戕害自己家鄉的元兇，耿耿於懷：「那俞儉至的法力雖高，但從不知他還有這種詭異的本領，難道暗中還有人相助於他？」

傀儡生道：「被擄南來的一路上，偷聽到不少俞儉至跟夕陽使者的對話，他們似乎還有別的計畫。」

逍遙子道：「我也懷疑事情沒這麼簡單，此處並非用兵之地，沒有任何一方可以渡過四江口，為何大家都率兵前來爭奪？」

音兒窘悶了半天，才說：「我爹想要借用這四條大江的江水，發起第三次大洪水，因為這四條江都是長江的上游，如果四江齊發，足以淹沒大半個中原。」

眾人大為驚駭。「若果如此，共工真能席捲天下。」

「鐵拳」霍連奇道：「大瞿越的目的在此，大宋則是因他們三方齊聚，所以才派兵前來監視；那麼大理呢？俞儉至呢？他們的目的又是什麼？」

這問題，當然沒人能夠回答。

項宗羽道：「音兒姑娘，崔公子很思念妳，妳就別回去了。」

音兒猶豫著、掙扎著，良久方道：「父親十幾萬年下來就只我一個女兒，我不能在這種時候離開他。請你轉告崔郎，我們總有一天會相見的。」

會繁殖的泥土

大伙兒全都平安的回返北壁。

莫奈何得知共工的陰謀，甚是憂心，便拖著崔吹風去找武羅、長乘。他倆正在享受雍神共工就不爽了，激起五湖四海的水去灌崑崙山……」

莫奈何劈頭就問：「第一次大洪水的時候，祝融是如何打贏共工的？」

武羅很踐的一聳肩膀：「祝融幹的事兒，我可不熟，我是直屬中央的。」

長乘的狗尾巴垂下去了：「我和帝江都是西方的，歸金神蓐收管轄，跟祝融沒啥交情，你這是問道於盲。」

武羅沉思了一回兒：「我聽人說起過，祝融教會人類用火，所以人類很崇拜祝融，水必大的招待，自從被貶謫之後，首次感覺到生命的可愛。

莫奈何一怔：「所以共工並非崑崙山上的神？」

「他資歷較淺，個性又急躁偏執粗魯，所以天帝不讓他上崑崙山。」武羅續道。「共工發起的大洪水淹沒了不少地方，害死不少人類，但水再高也淹不上崑崙山，祝融騎上了他的那兩條龍，殺下山來，把共工燒得焦頭爛額。」

長乘哼道：「這些都是媚俗的傳言，做不得準。」

莫奈何跌足道：「如今共工發水想淹中原，中原可沒崑崙山那麼高，如何抵擋得住？

而且在平地上，火神鐵定打不贏水神。」

武羅笑道：「你認為水一定勝得了火？那才不一定咧。」

崔吹風一旁發話道：「依照我這些天來研習《樂經》的心得，《樂經》彷彿就是煮水的聲音。」

莫奈何又一怔：「煮水的聲音？」

「你想想看，壺裡的水會不會被火煮開。」

「但……怎樣才能困得住水？」莫奈何神情漸轉興奮，不停踱步。「所以說，水如果被困住了，火就能把水煮開。」

「但……怎樣才能困得住水？」莫奈何神情漸轉興奮，不停踱步。「經過這些時日與各種神奇的經歷，他已熟讀非常有用的《山海經》。〈海內經〉裡記載，第二次大洪水時期，帝堯派大禹的父親鯀治水，鯀想不出辦法，便上崑崙山偷了息壤去治水，天帝震怒，派祝融殺了他。」

崔吹風並非飽讀詩書之輩，忙問：「息壤是什麼東西？」

「息壤是一種能夠自行生長繁衍的泥土，丟在江河之中就能自動堵塞住氾濫的大水。」莫奈何有了主意：「武羅，你帶我去崑崙山好不好？」

不但武羅、長乘嚇了一大跳，葫蘆裡的櫻桃妖更蹦了出來，嚷嚷：「小莫，你發什麼神經病？」

「不入虎穴，焉得虎子。」

櫻桃妖揪住莫奈何的耳朵：「你當崑崙山上的天庭是可以作耍的嗎？」

「咱們三月間就去過崑崙山，沒什麼大不了的。」

莫奈何、櫻桃妖曾與燕行空等一干英雄遠赴崑崙山後的「陰陽斷崖」除妖，維繫了人類統治世界的命運，所以莫奈何認為崑崙山不過如此而已。

武羅搖頭嘆道：「小莫，你只去過後山，不知天庭的厲害。」

莫奈何道：「天帝也要講理，我自有說服他的道理。」

櫻桃妖逼問他有何打算，莫奈何抵死不說。

櫻桃妖心道：「小莫愈來愈懂事，也愈來愈會搞怪，將來愈難控制他了。」心頭既失落又煩悶，想起今年年初時的小莫多麼憨傻渾蠢，那可愛的模樣可真是一去不復返了。

莫奈何道：「櫻桃，妳就留在這裡，等我回來。」

櫻桃妖自從被魍魎關入尿壺之後，就寸步不離莫奈何，怎敢獨自留下……「正如你說的，天帝也得講道理，我也去跟他嚼嚼舌根。」

莫奈何初入天庭

飛車帶著武羅、長乘，飛越過幾萬里，降落在一座冰山的山巔。

櫻桃妖打著哆嗦：「既是天庭，爲什麼這麼冷？」她已化身爲少女造型，滿心以爲這樣便能夠得到一些優待。

長乘道：「從前倒是挺暖和的，就這一萬年，天帝不讓我們出去活動，當然就被冰鎮起來了。」

眾人登上幾十級石階，迎面一棟金黃色菱形十二面體的建築。

莫奈何道：「這房子建造得挺怪，我還以爲跟人間的宮殿一樣呢。」

武羅呸道：「人間的宮殿能看嗎？都是什麼漢白玉丹墀，屋子都是紅木柱、金瓦片，還要雕著龍、刻著鳳，屋簷翹著幾隻小腳，難看得要命。」

一進大門，莫奈何就嚇楞了，寬廣的大廳中竟無半根柱子，十幾萬種花卉與幾十萬種綠草遍布於各個角落。

繁花茂草之間還有許多遊樂、健身設施，刑天正在那兒吊單槓，不管他怎麼吊，頭都不會超過槓，因爲他根本沒有頭。

勃皇蹬著八隻牛腳惡狠狠的逼近：「才只一個多月，你們怎麼就回來了？」

「我們已經建立了大大的功勳，當然要回來贖回法力。」武羅踐踐的說。「這個人要面見天帝，快去通報！」

勃皇聽說有人要見天帝，立刻矮了半截：「通報不干我的事。」溜到一邊去了。

風神因乎一陣風颼到莫奈何面前：「天帝豈是隨便能見的？先說你有什麼事？」

武羅、長乘、櫻桃妖都還不知莫奈何葫蘆裡賣些什麼藥，便都轉頭看著他。

莫奈何清了清嗓子：「我來跟天帝討債。」

櫻桃妖險些吐血：「我命休矣！」

許多神祇聽見居然有人敢來向天帝討債，都從自己的專屬辦公區跑出來，圍著莫奈何。「你這小傢伙人類好大的膽子！」

莫奈何笑道：「欠債還錢，天經地義，哪裡需要什麼膽子？」

合夥與分紅

天帝住得再高、手長得再長，也會有如墮五里霧中、摸不著頭腦的時候。

西王母氣急敗壞的衝入他的特大號辦公室：「你怎麼在外面偷偷賭錢，到底賭輸了多少？」

天帝一楞：「我⋯⋯什麼時候跟人家賭錢了？」

「你還賴？人家都找上門來了！」

天帝氣沖沖的跑下樓：「討債的在哪裡？」

眾神忙都兩邊閃開，露出了中央的莫奈何。

天帝怒道：「我根本不認識你，怎麼會輸你錢？」

莫奈何道：「天帝老兒，難道你忘了陰陽斷崖上的賭約？」

天帝與刑天在一萬年前抓住了所有的妖怪，想要把他們封印在山洞裡，妖怪的首領魔尸不服，提出一場賭賽——如果在這一萬年裡，每一年都有一個最傑出的人類願意把靈魂出賣給魔鬼，代表人類喜愛妖魔勝於眾神，天帝就算輸了，從此必須讓妖魔橫行世界。

萬年之約於今年三月到期，妖魔的代言人浣熊妖「芝麻李」已收集齊了一萬條最傑出的人類靈魂，來到洞前，正要解除所有妖魔的封印，莫奈何與一千英雄及時趕到，粉碎了妖魔的企圖，人類才得以繼續主宰世界，而天帝也風光的贏了這場賭局。

這件事情，眾神皆知，當然抵賴不掉。

莫奈何道：「我們幾個人類幫你贏了這場賭賽，難道你竟不給我們分紅？」

「分紅？」天帝聽不懂。

「就是要把你贏的錢分給合夥人。」

「合夥人？」天帝仍然聽不懂。

莫奈何嘻道：「你真是……唉，比三歲娃兒還不如。反正，你欠我錢！」

西王母怒道：「崑崙山上沒有錢，你想搶，上別處去搶。」

莫奈何笑道：「沒錢也沒關係，我只想跟天帝借用一樣東西，就算是抵債。」

天帝皺眉：「你想借什麼東西？」

「息壤。」

天帝大驚：「你只是一個普通人，要息壤做什麼？」

西王母在旁搶道：「什麼東西都能借，就是息壤不行。」

莫奈何不解：「只是借用一下，用後歸還。」

「不行就是不行！」

莫奈何只得下出第二步棋：「那麼，我們再賭一場。」

櫻桃妖又快暈倒：「這個死小莫，到底還想不想活？」

天帝忍怒：「你想賭什麼？」

「骰子、牌九，隨便你！」

西王母一聲長嘯，亂髮飄動，插在上面的玉簪就將飛出，取人性命。

天帝趕忙制止她，轉對莫奈何：「你叫小莫是吧？你讓我好好的想一天再說，你就先在這兒住下吧。」言畢轉身就走。

西王母跟了上來，悄聲道：「息壤是崑崙山最厲害的法寶之一，怎可輕易與人？那小子居心叵測，須得嚴密提防。」

天帝不停的撫著太陽穴：「唉，我好久沒頭痛了，得回去想想骰子怎麼玩？」

自助餐廳裡的閒談

莫奈何、櫻桃妖端著餐盤走在崑崙天庭的自助餐廳裡，那一百條擺滿了豐盛菜餚的通道，鬧得兩人眼若萬花筒。

「在這裡住上三天，我就要花半年時間減肥。」櫻桃妖挑了許多東西，又不捨的放回去。「小莫，從來不知道你還會賭博？」

「我不會啊。」莫奈何傻笑。

櫻桃妖氣道：「那你跟天帝賭什麼？」

「賭這種東西，反正輸贏各半，誰也沒占誰便宜。」

櫻桃妖搖頭太息：「你的頭腦實在太簡單了，你知不知道有種人叫作老千？就是專門騙你這種笨蛋。」

「天帝會出老千？」莫奈何一笑。「不可能吧？」

兩人好不容易挑完晚餐，走往用餐的長桌，武羅與長乘正在那兒誇耀人肉包子店老闆娘的美豔。

「那婆娘雖然黑心，但是長得可真……唉喲，簡直無法形容！」武羅捲起褲管，露出自己的腿。「她就一直摸我的腿，一直摸一直摸，邊摸邊說：好白、好漂亮！」

眾神便都低頭看著自己的腿，滿心挫折。

長乘搶道：「那有什麼？她一直摸我的屁股，說：哇！這條狗尾巴好可愛！」

眾神又深恨自己沒能長出一條尾巴。

莫奈何過來坐下：「從《山海經》裡認識各位已久，今天終於見面了。」

眾神都挺喜歡他的，因為在天帝與魔尸賭賽的那一萬年間，發下一條禁令，不准崑崙眾神干涉人間事務，悶得他們發慌，還虧了莫奈何等人讓天帝贏了那場賭局。只是，天帝至今仍遲遲疑疑的，並未正式解除禁令。

「小莫，如果天帝答應跟你對賭，一定要讓他輸得脫褲子。」

祝融走了過來：「聽說這次事件與我的子孫有關？」

「您的後代崔吹風可厲害了，一把琴威震南方，只是現在可也碰到了難題。」將共工想要水淹中原的事情備細說了一遍。「您若不出手幫助您的子孫，他可要被大水淹成崔吹海了。」

祝融聽了，但只一笑，並不答言。

北方總管海神禺彊道：「我們四方總管的職責是維護四方和平，不管爭戰之事。」

西方總管金神蓐收道：「當年共工無理取鬧，被祝融擊敗，其實也是出於無奈，不料這仇一結下去就是十幾萬年。」

祝融苦笑道：「所以我從此之後更不願與人爭鬥。」

櫻桃妖尋思：「崔氏一族都是好脾氣，原來遺傳自他們的祖先。」又想：「火神個性平和，水神卻暴躁無比，這跟一般人的印象可大不相同。」

莫奈何眼見祝融一副事不干己的模樣，急得跳腳：「這事兒牽涉到億萬人類的性命，豈會與你維護和平的職責無關？」

祝融語塞，沉默半晌方道：「說實話，若在平地與共工交手，我恐怕打他不過。」

莫奈何道：「你的子孫比你聰明，他說《樂經》的音樂就是用來煮水的，如果先用息壤困住水，火就能勝水。」

祝融大嘆一聲：「你可知道當年鯀偷了息壤，天帝命令我把他殺了的事兒？」

莫奈何欵道：「這我就想不通了，為什麼會這樣？」

「因為息壤不是用來治水的。如今人類也已然明白，光是堵塞水道、興建堤防並不是一個好辦法。」

「那息壤到底有何寶貴？」

祝融一聳肩膀：「我只曉得息壤是天帝最重要的法寶之一，所以你想跟他借用，只怕很難。」

勃皇在旁幸災樂禍：「這才叫作比登天還難！」

阿修羅大法

這裡的風雪比崑崙山還要凜冽。

這裡是喜瑪拉雅山，全世界的屋頂。

屋頂上有著一座不似活人居住的石窟。

俞燄至在洞窟內醒來，他那沒有眼珠的左眼窩已被崔吹風燒成了一塊焦炭，半邊腦子更疼得厲害。

石窟深處，一個腰間圍著一塊獸皮的神人正面對石壁打坐，他渾身發抖，嘴裡喃喃，似在修鍊什麼法術。

俞燄至勉強爬起，朝那背影拜了一拜：「多謝『溼婆』大神救命之恩。」

原來救他的人竟是婆羅門教的三大主神之一——破壞神「溼婆」。

溼婆停止練功，冷冷的說：「俞公子，你一直誇口你很厲害，如今看來，不過爾爾。」

俞燄至面有羞慚痛恨之色：「沒料到崔吹風那小子摸著火琴訣竅的速度如此之快。」

溼婆沉聲道：「按照我們的約定，你的計畫不成，就要執行我的了。」

俞燄至俯首：「但憑大神做主。」

溼婆轉過身子，他的頭上長著一彎新月，頭髮盤成犄角形狀，脖子呈現恐怖的青黑之

原來兩人早就已有掃平中原的約定。

色，額頭上生著第三隻眼睛，這「智慧眼」可厲害了，在宇宙週期性的毀滅之際，能噴出一股神火，殺死所有的神祇與一切生物。

湜婆道：「憑良心講，奪取火琴確是最方便容易的一條路，但那姓崔的小子不肯就範，只得採取比較複雜的方法。」

俞僰至道：「大神想要挑起火神與水神的戰爭，並不困難，共工與祝融結了十幾萬年的仇，發誓必報。」

湜婆陰笑：「這回，共工見到祝融的後裔崔吹風已然成材，應該更為憤怒，定會令四江奔騰，沖刷地面，那時我就可以使用新近修鍊成功的『阿修羅大法』，一舉將中原吞滅、寸土不留。」

俞僰至不無憂心：「大神說過，只有息壤能擋住『阿修羅大法』，而息壤現在崑崙山上，會不會有人把它借出來？」

「你放心，崑崙山的天帝不可能把最厲害的法寶借給任何人。」

一提起崑崙山，湜婆的氣就不打從一處來，因為他在六月間曾經趁著崑崙眾神與佛教、道教論辯的時候，帶著婆羅門的另外二大主神「梵天」、「毗湜奴」，想要展開偷襲，卻被崑崙眾神毒打了一頓，座下的「難敵」白牛還被帝江燒瘸了腿。

湜婆的第三隻眼睛閃出暗赤色的毀滅之光：「打垮崑崙山是我第二個目標！」

天帝的骰子

有史以來最偉大的賭局開始了。

大廳內擺上了一張長桌，天帝與莫奈何各據一方，相對虎視；崑崙眾神則都擠在長桌兩邊，等著看誰會出洋相。

西王母站在天帝身後，顯然就是他的軍師謀主，首先開聲道：「莫奈何，你想賭什麼？」

櫻桃妖站在莫奈何背後，也把自己當成了女諸葛：「賭骰子最簡單，又不花腦筋，我們就賭這個吧。」

西王母臉上隱約閃過一絲得色：「好，我們就賭這個。」轉問天帝：「你想起來怎麼玩了嗎？」

「有押大小、有押單雙……」天帝仍一臉迷糊。

西王母很想打人：「我們就玩最簡單的那一種……三顆骰子擲下去，加起來幾點就是幾點，這樣你懂了嗎？」

「懂了……」

櫻桃妖見西王母胸有成竹，心知其中必有詐，忙搶道：「比大比小？」

輪到西王母一楞：「還有這種分別？」

「當然有。比大是三個六，十八點最大；比小是三個一，三點最小。」

西王母目露兇光：「比大！」

櫻桃妖眼迸殺氣：「不，我們要比小！」

她話一出口，就見西王母臉上亮起詭計得逞的光芒，暗叫一聲：「糟糕！」但話出如風，收不回來了。

天帝把骰子握在手裡直搖：「怎麼擲？」

西王母齜出一嘴豹齒：「就這樣甩出去啊，甩出去，懂嗎？把它們甩在桌子上，就跟甩鼻涕一樣，快甩啊你！」

天帝遲疑的又搖幾下，抖腕甩出，卻見他手掌中冒出一股白色的粉末，原來骰子早被他捏得粉碎。

「這樣是幾點？」天帝呆呆的問。

「哪有人擲成這樣？」西王母傻住了。「這樣應該是……一點都沒有。」

天帝哈哈大笑：「我在玩骰子的時候，人類還未成形呢。」

眾神都在心中暗罵：「不死老賊，恁地下作！」

西王母洋洋得意的拋過來三粒新骰子：「該你們了。」

莫奈何正想罵人，櫻桃妖偷偷踢了他一腳，笑道：「小莫，快擲啊。」

莫奈何喪氣：「他一點都沒有，我要怎樣贏他？」

櫻桃妖道：「有擲有希望，不擲，我們就只好打包走人了。」

莫奈何無可奈何的抓起骰子，隨手一擲，櫻桃妖暗運法力，讓那三顆骰子整整齊齊的排成一列，最左邊的是個「•」紅么，最右邊的是個「⋮」二點，中間的一顆竟搞怪，被

櫻桃妖變成了一個「⁞」。

西王母拍手笑道：「你輸了！」

櫻桃妖拍手笑道：「我們贏了！」

西王母怒道：「一個么、一個二，加起來一共是三點，你們怎麼會贏？」

櫻桃妖指著中間的那個「⁞」：「那是個減號。所以，一減二等於多少？」

西王母更怒：「一怎麼能減二？妳到底有沒有學過算術？」

當時有負數概念的人並不多。

櫻桃妖笑道：「妳才沒學過算術呢，西漢成書的《九章算術》中有云：『正負術曰：

同名相除，異名相益，正無入正之；其異名相除，同名相異，正無入正之，負無入負之』……」

西王母聽得一個頭兩個大，罵道：「什麼正正負負的，負是揹東西，妳要揹什麼？」

櫻桃妖翹鼻子抬眼睛：「妳肯定聽不懂我說的話，反正總而言之、言而總之，就是『負

一』比『沒有』還小。」

眾神都鼓掌喝彩。「小丫頭挺有學問！」

武羅高呼：「沒說的，小莫贏了！」

天帝、西王母一開始都沒注意到莫奈何身邊的這個小丫頭，此時才發覺她是個小妖

怪，想要提防她，可已來不及了。

櫻桃妖朝著天帝笑道：「說到玩骰子，您還差得遠呢。」

天帝氣得把臉一沉，轉身就走。

長乘嘀咕：「這也太沒風度了吧。」

西王母堆下一張笑臉，走近櫻桃妖，牽起她的手：「小姑娘長得挺好樣的，我們說說

話兒去。」

櫻桃妖想拒絕，怎由得了自己，一頭驢子似的被西王母牽往命運的終點。

西王母嫁女

大辦公室的後面是一大片眾神的住所，各式各樣的建築高高低低，雜亂無章。

西王母的居處建得像一個大山洞，幾個豹頭人身的僕人守在屋外。

櫻桃妖心生畏懼：「這些人好可怕！」

西王母笑道：「別緊張，他們不是妖怪，是『神奴』。」

「神奴？」

「我們總要訓練出一些可以服勞役的動物，要不然苦力活兒給誰幹？」

屋內的布置倒頗舒適，都是豹皮床褥、椅墊、地毯。

西王母將身半躺在床上：「小丫頭，坐下，咱們聊聊。」

櫻桃妖暗忖：「既來之，則安之，想她貴為王母，應該不會為難我這麼個小妖怪。」

大剌剌的正要落座，西王母卻拍了拍身邊的床墊：「不要這麼見外，坐近點。」

櫻桃妖心想：「老虔婆，就坐在妳頭上又怎地？」老友般的緊挨著坐下。

西王母握住她的手。「小丫頭，妳一顆小小的櫻桃能夠修鍊成這樣，可真不容易啊。」

櫻桃妖傲然道：「我們那座山頭全是櫻桃林，結出來的果子何止億萬，但修成形的只

有六個，超過三千年的只剩兩個，到最後只有我一個能出頭。」

「這是妳的福分，一定要好好珍惜。」西王母慈愛的拍著她的手背。「妳若想更上一

層樓，主要就是得掌握修鍊的訣竅。」

櫻桃妖心中一喜：「莫非她竟想收我為徒？」見她的態度和藹可親，膽子就更大了，

小鳥依人似的偎入她懷裡。「小徒愚昧，一直沒能得到高人指點，還望王母調教則箇。」

「好乖巧的丫頭！」西王母喜得「咻咻」大笑。「這些年來，我膝下一直無兒無女，

寂寞得緊，如果有妳這麼個女兒，我的日子可就好過多啦。」

櫻桃妖福至心靈，撲入西王母懷中，把頭往她的胸上直拱：「我們櫻桃都沒有父母，我也好想有個疼我的娘！」

西王母喜極而泣：「好女兒，乖女兒，從此妳就是我的乾女兒了。」

兩人緊緊相擁，又哭又笑的鬧了好一會兒，櫻桃妖才道：「乾娘，有件事想求您做主。」

「妳儘管說，我一定達成妳的願望。」

「我……」櫻桃妖滿臉嬌羞，聲細如蚊：「我想跟小莫結成夫妻。」

西王母一皺眉：「那個死小莫？他有什麼好？」

「他……人家喜歡他嘛。」

「既如此，」西王母嘆口氣。「好吧，我立即派人去辦，不容他不答應。」

櫻桃妖高興得差點蹦上了天，邊自動念：「小莫啊小莫，看我一次吸乾你的元陽，我就可以練成九九八十一變了！」歡欣了好一會兒，轉念又忖：「如果我一次把他掏空，他就變成了一具人乾，這……」頓覺十分不忍。「小莫還是挺可愛的，不能把他弄死。我只掏他一點點就好，然後把他養著，他還能幫我做不少事。嗯，譬如說，最起碼能幫我掃地。」

西王母喚入兩個雌性神奴，又取出一件華麗的衣服、幾件首飾，櫻桃美少女經過這番

刻意裝扮，果然傾國傾城，美豔無雙。

西王母讚嘆：「世上哪有這麼好模樣的新娘子，快上轎吧。」

櫻桃妖一楞：「現在就要上轎？這麼快？」

「還有什麼好磨菇的，快快快，先成其好事才是正經。」

幾名神奴簇擁著櫻桃妖出到門外，花轎果然已經備好了。

西王母仰天長嘯：「新娘子上花轎，進了洞房一定迷死人！」

本書最短的一章

櫻桃妖喜孜孜的在心裡大叫：「天下第一處男，這回你可逃不出我的手掌心了！」

櫻桃的洞房

花轎顛呀顛的走了一程上坡路，好不容易停下來。

「新娘子請下轎。」

櫻桃妖跨出轎門，只見置身於一大片果園當中，不由狐疑：「洞房在哪裡？」

兩名神奴拿起鐵鏟在地下猛挖：「新娘子別急，洞房兩下子就挖好了。」

櫻桃妖氣道：「你們知不知道洞房是什麼意思？」

神奴笑道：「就是給妳住的洞啊。」

櫻桃妖沉聲道：「我可是西王母的乾女兒，你們膽敢亂來？」

幾名神奴一起笑答：「西王母最愛吃櫻桃，要我們把妳種在崑崙山上，以後就能長出

又大又圓的櫻桃。」

櫻桃妖轉身想逃，已被豹形神奴七手八腳的扛起。

櫻桃妖哭嚷：「我不要進洞房了啦！」

眾神的生日

天帝坐在他的特大號辦公室裡生悶氣。

眾神對他不滿的流言，點點滴滴的傳進來，讓他深感不安，他必須想出一個辦法，讓

自己扳回劣勢。

他叫陸吾將莫奈何請進辦公室：「小莫，是誰派你來找我的麻煩？」

「唉，老大。」莫奈何想不出適當的稱呼，乾脆叫他「老大」。「我只是要借個東西，

解決人間的危難。」

「小莫啊，你別管人間如何了，你乾脆留下來，我給你一個職務，從此逍遙自在，豈

不是很好？」

這提議當然讓人心動，誰不想跟天神住在一起，再也不用在混濁的世間窮攪和，又要煩惱柴米油鹽，又要憂心生老病死，還要提防被人偷搶拐騙。

但莫奈何一想起梅如是與父母、朋友，就在心裡否決了億萬人做夢都盼不到的好運，嘴上仍說得委婉：「我只是個小笨蛋，你留我有何用處？」

天帝打的主意是收編了莫奈何，那場賭桌上的輸贏就變成了自家人的遊戲，沒什麼可讓人說嘴的了。他和顏悅色的道：「武羅說你挺有頭腦，我們崑崙山若想重出人間，必得聽聽你的意見。」

莫奈何隨口便道：「你們崑崙山的辨識度要高。」

天帝本來只想隨便籠絡他一下，豈料他一開口就讓天帝的腦袋像槌子敲了一下，楞問著：「什麼叫作辨識度？」

「就是你們自己或信眾，一站出來，就要讓大家知道你們是個什麼東西。和尚光著那顆頭、道士穿著那身衣，一看就明白了他們的身分。」莫奈何如同塾師教訓小孩。「再瞧瞧你們，沒有統一的髮型、服裝，個個奇形怪狀，活像四野八荒湊在一起的雜妖亂鬼，能看嗎？所以首先第一要務，就是要讓你們的服裝統一、髮型統一、外表統一，將來你們的信眾也應該這樣。」

天帝想了想，乾咳道：「咱們崑崙山上，最難的就是統一。」

「再來，就是要請雕塑高手替你們重新塑像。」

天帝嚇一跳：「你要我們整容？」

「你們的真身可以不要現出來，躲在暗處攪神通，但出現在大眾面前的時候，總該有點人的樣子。」

「咳咳，這倒有點道理，還有嗎？」

「還有就是經文啦、商標啦，都該準備好。其實大多數人都懶得讀經書，所以經文未必要寫得有意義，胡扯八拉即可，但封面一定得做得堂堂皇皇，鑲嵌寶石、燙金字兒，再請個高手畫幅圖……」

「咳咳，還有嗎？」

「佛教、道教的神佛都有聖誕，每到這一天，信徒都熱鬧滾滾的替他們祝壽，這也是凝聚信徒的一種好辦法。」

天帝腦中一陣矇：「生日？我們已經活了幾百萬年，誰還記得自己的生日？」

「那不管，你大可以隨便分派。一年三百六十五天，你們正好三百六十五個神，所以每天都會有你們的聖誕。」

天帝大怒：「你竟敢糊弄我？一年明明只有三百五十四天。」

莫奈何曾跟一個名叫蘇透的書生學過太陽曆，不慌不忙的道：「你說的是中原的曆法。老大，你知不知道人間還有另外一種曆法，那可是一年三百六十五天。」

天帝不生氣了，卻煩惱著：「崑崙山有三百六十五個神，排滿了三百六十五天，那我的生日怎麼辦？」

莫奈何想了想：「根據太陽曆，每四年便有一個閏日，這閏日就讓給你，每四年才過一次生日，表示你最大。」

天帝喜道：「我們崑崙山沒有大印，要不然應該再給你一顆國師印！」

櫻桃妖大鬧崑崙山

櫻桃妖的頭頂被貼上了西王母的符咒，迫使她現出西瓜般大的櫻桃本相。

豹形神奴們硬把這顆大果兒栽入洞中，一鏟一鏟的往洞內填土。

櫻桃妖大叫：「小莫，快來救我！」

「妳的小莫已經成了崑崙山的特別顧問。」西王母悠悠來到。「從此他就跟妳陽關獨木，毫無瓜葛了。」

櫻桃妖一聽，更痛斷了腸，號啕大哭：「乾娘，妳才剛收了我做乾女兒，為什麼馬上就翻臉不認人？還有小莫，他怎麼能再也不跟我見面？」

西王母溫言相勸：「別哭別哭，妳要快快樂樂的被種下去，將來結出來的果子才會又香又甜。妳這麼一哭，果子都變酸了。」

櫻桃妖破口大罵：「殺千刀的老巫婆，要殺便殺，把我活埋在洞裡受罪，以後我結出來的果子每一顆都是毒藥，毒死妳這個成天只會扯著嗓門鬼嘯的醜八怪！」

西王母猛一板臉：「我問妳，莫奈何想要息壤做什麼？是誰派他來的？」

「他不是早就已經解釋清楚了？如果說有幕後主使者，那便是大宋皇帝，因為他要保衛大宋的疆土。」

西王母冷哼：「妳以為我會相信妳的鬼話？」扭頭下令：「埋！」

「等等，等等，我招供便是。」

「妳快說！」

「不好！」西王母暗驚。「他一定是去偷息壤了。」吩咐神奴：「把她扛著，我們去找那個賊。」

櫻桃妖靈機一動，假哭道：「我們背後確實有個主使者，他本來也跟我一起躲在葫蘆裡，現在不知跑到哪裡去了。」

西王母逼她現出原形，反而幫了她一個大忙，一顆圓膨膨的大櫻桃滾動得又快又靈

神奴們剛把櫻桃妖掘出來，她便順著山坡一直滾了下去。

活，西王母一時之間竟爾追之不上。

山坡下就是廚房，武羅、長乘正在那兒聊天，看見大櫻桃一路滾下來，趕緊拉開廚房後面的門。「這裡是倉庫，快躲進去！」

水果起義

崑崙山的倉庫裡堆滿了從全天下各地得來的貨品，大櫻桃體型雖大，仍有許多地方可躲。

她一頭鑽進西瓜堆中，還沒藏好身子，就聽旁邊幾顆西瓜罵道：「上別處去躲，不要牽累我們。」

原來已有幾顆西瓜悄悄修成了精。

櫻桃妖只好躲入鳳梨堆中，又被推出來。「休攪和，去別處！」

一倉庫的香瓜、木瓜、哈密瓜、水梨、芭蕉、檸檬……都有修鍊成精的，都把櫻桃妖當成滾燙的山芋，直往外推。

櫻桃妖怪問：「你們都已經鍊出了真身，還躲在這裡幹什麼？」

木瓜妖慢吞吞的說：「急什麼，我正在等待出頭之日。」

檸檬精酸溜溜的說：「我們哪有妳那麼勇敢，人類很恐怖的咧！」

就在這時，負責廚房事務的「十巫」進來了，水果們忙噤聲。

老大巫咸抱怨著：「每天都要做這麼多菜，煩死人了。」

老七巫禮呸道：「那些傢伙，今天要吃這、明天要吃那，也不想想我們的辛苦。」

「好了好了，別吐苦水了。」老三巫盼嬌滴滴的說。「昨天的飯後甜湯是鳳梨汁，今天該搾西瓜汁了。」

老九巫謝走入西瓜堆中，挑了一顆最大的，正好就是那西瓜精，抱著就走。

西瓜精不敢哭，龐大的身軀簌簌抖。

老二巫即怪道：「這瓜在抖什麼？」

老五巫姑沉聲道：「莫非已成了精？把它打開來看看。」

一千果妖都絕望的閉上眼睛。

櫻桃妖忍不住挺身而出，嘶聲厲吼：「百萬年以來，我們的作用只是給人類清腸通便，我們生命的意義是什麼？我們生命的價值在哪裡？」

哈密瓜妖大叫：「我們有豐富的養分！」

話沒說完，就被大家痛罵了一頓。

櫻桃妖振臂高呼：「水果們，站起來！我們不能再忍受這種欺侮，我們要奮戰到底！

西瓜精，你還不反抗嗎？」

西瓜精死馬當成活馬醫，奮力掙出巫謝的懷抱，滾落在地，然後朝倉庫外一直滾了過去。

眾果妖都大聲歡呼：「西瓜加油！」

櫻桃妖縱身一跳，騎在他身上，一直滾出倉庫，滾過廚房，滾進了餐廳。

崑崙眾神正準備吃午餐，忽見一顆大西瓜載著一顆大櫻桃滾進來，都嘖嘖稱奇：「喲，這是什麼新菜色？」

武羅、長乘想幫它們做掩護，但緊接著趕到的西王母已一把抓住櫻桃妖：「看妳還想跑到哪裡去？」

天帝正好帶著莫奈何進來，櫻桃妖哭嚷：「小莫，救我！」

莫奈何慌忙大叫：「嘴下留人！」

西王母桀桀屬笑：「遲了，這麼美味的櫻桃，我怎會放過？」兩指捻著櫻桃，正要一口咬下。

驟見一隻紅頭黑眼的大鳥展翅飛入：「緊急情報！」

息壤的真正作用

西王母座下有三個密探，最靈活嬌小的青鳥正在百惡谷協助新任谷主薛家糖看管細

菌，所以外面的事務都由大鷥、少鷥負責。

西王母暫時停止吞嚥的動作，仍把櫻桃妖捏在指間：「少鷥，大驚小怪的什麼呢？」

少鷥吱吱叫：「我看見那第五公子了。」

莫奈何驚問：「俞燄至居然還沒死？什麼人救了他？」

少鷥道：「他跟俞燄至說到什麼『阿修羅大法』。」

崑崙眾神都說：「六月間被我們痛打了一頓，現在還想攪什麼鬼？」

武羅皺眉：「那是婆羅門教的主神淫婆。」

「是一個頭上長著半個月亮的邪神。」

天帝大爲震驚，面如死灰：「這魔法怎麼又重現了？」

眾神見他如此反應，都頗覺意外。

長乘呸道：「光聽那名稱就知是媚俗之法，有什麼了不起？」

天帝重嘆：「你們別小看此法，此法能移地縮域，神奇得很！」

「移地縮域？」眾神一頭霧水。「什麼意思？」

天帝正色道：「這世界並不如你們想像中的那般，大家都以爲土地是最堅固恆久的東西，其實不然。你們看過小孩兒玩黏土嗎？把一大塊黏土鋪在地下，一會兒從這邊抓起一把丟在那邊，一會兒又從那邊抓起一把塞在這邊，這世界就是這等模樣。」

眾神大驚。「土地既可以縮小，也可以放大，還可以移動？」

「沒錯。『阿修羅大法』能把某個地方愈縮愈小，再從另外一個地方長出來，也就是能把某個地區整片的移植到別處去！」天帝心有餘悸。「幾百萬年以前，西方的天帝『因陀羅』就想把我們的崑崙山縮掉，讓天竺生出更多土地，還好我鍊成了法寶『息壤』，他一直縮，我就一直長，終於粉碎了他的企圖。」

祝融恍然大悟：「原來息壤的真正作用是對付『阿修羅大法』。當年鯀不懂這個道理，想把息壤偷去治水，結果愈堵愈糟，所以您就派我殺了他。」

天帝沉吟：「此法重現，其最終的目的應不只是想吞掉中原，而是要併掉咱們崑崙山！」

武羅嚷嚷：「這怎麼行？一定得阻止他！」

天帝走回自己的辦公室，取出了一個錦囊，交給祝融：「你的後裔正在奮戰，所以這回還是派你出馬。」又鄭重叮囑：「記住，息壤不能用得太多，因為世界的總質量應該維持不變，息壤用多了，會增加世界的重力，後果不堪設想。」

繼而再轉向武羅、長乘：「你們算是建立了大功勳，可以得回法力，跟隨祝融一起去吧。」

長乘的狗尾巴得意的翹起一丈高。

西王母皺眉抗議：「干他們什麼事兒？都是少鷥探來的消息。」

天帝怒瞪她一眼，轉身就走，還拋下一句：「人間來的兩名貴客，須得毫髮無傷。」

西王母只得萬般不捨的放了櫻桃妖，

櫻桃妖衝過來抱著莫奈何大哭。「小莫，好可怕哦，我再也不來崑崙山了！」

莫奈何拍著她的背安慰：「該哭、該哭，妳差點就被吃了。」

櫻桃妖心道：「我哭是因為沒能當成你的老婆。」

祝融沉吟了一下，分派著說：「小莫，你們先走，我隨後就到。」

莫奈何與櫻桃妖出了總部大樓，正要登上飛車，金神蓐收趕了過來：「這是我剛剛鍊成的法寶『蓋天印』。記住，此印只能蓋妖，不能蓋人。」並教給他驅動法寶的咒語。

莫奈何大喜：「這第六顆印可寶貴，以後我就不怕妖怪了。」

櫻桃妖一楞，這會兒可是欲哭無淚了。

蓋天印初顯神威

四江口的西壁上，大理國皇帝段素廉御駕親征，率領著段思酒、段思肉和相柳，五萬大軍已集結完畢。

大理段氏所統治的區域，古稱滇、南中，原由爨氏為王，大約在初唐時期，烏蠻與白蠻組成的「六詔」崛起，其中尤以「南詔」的皮羅閣最為雄才大略，他統一了六詔，史稱「南詔國」，唐玄宗封他為「雲南王」，雲南之名由此始。

一百零七年前，權臣鄭買嗣滅了南詔，雲南陷入混亂期，直到七十二年前，才由白族的段思平統一雲南，建立了大理國，歷經六代，今年老皇帝段素英駕崩，由太子段素廉繼位，新君初立，頗想有一番作為，征討大瞿越就成了他的第一把火。

此刻，他率領幕僚勘察地勢。

自從金陵家莊一戰後，便選擇歸順大理的相柳，緊緊侍在側。

段素廉眼見四江匯流，飛鳥難渡，即使是個軍事大外行，心中也充滿了疑問，轉頭質問相柳：「愛卿建議我率軍至此，不知是何用意？他們打不過來，我們也打不過去……」

相柳道：「皇上勿憂，微臣到時自有妙計。」

段素廉還想再問，前軍突然喧嚷開來：「那是什麼？那車子怎麼會飛在天上？」

莫奈何的飛車盤旋在眾人頭頂，有意炫耀。

相柳臉色一冷，大聲下令：「把那個東西射下來。」

段素廉連忙制止。「聽說大宋有個五印國師駕著飛車到處跑，會不會就是他？」

喚來幾名大嗓門的軍士，仰天大吼：「有請五印國師下凡一見。」

櫻桃妖聽得很得意：「我們這可成仙了。」將身一轉，變成妖嬈少婦的造型。

莫奈何皺眉：「妳又想做什麼怪？」

櫻桃妖但笑不答，心道：「我現在弄不到你，總該找些別的小伙子來滋補一下。」

飛車降落在中軍之前，將士們敬畏的將他倆送入大帳，段素廉親自款待。

「五印國師親臨，有何見教？」

莫奈何大刺刺的說：「大理與大宋一向井水不犯河水，敢問國主如今爲何出兵犯境？」

段素廉乾咳幾聲：「敝國與南方的黎朝一向和睦相處，然而就在上個月，那李公蘊著實無禮，竟然篡了黎朝，自號『李朝』，並興兵挑釁，此等亂臣賊子人人得而誅之，大宋向爲禮義之邦，諒必不至於助紂爲虐。」

莫奈何對於此事一無所知，哪裡答得出半個字兒。

櫻桃妖不慌不忙的說：「據賤妾所知，黎朝的末代皇帝黎龍鋌，也就是痔瘡嚴重只能躺在龍床上視朝聽政的『臥朝皇帝』殘忍暴虐，早已眾叛親離，今年十月他病死之後，他的兩個兄弟黎明提、黎明昶起兵爭奪帝位，導致國內大亂，『左親衛殿前指揮使』李公蘊不忍百姓受苦，以禁衛軍平定了亂事，而後受群臣擁戴，登基爲帝，可謂順天應民，何『無禮』之有？況且，此次先起兵至四江口挑釁的是大理，而非大瞿越，何者是紂，何者爲虐，

不用賤妾明說了吧？」

段素廉被這一番理直氣壯的話語弄得臉上一陣青一陣白，啞口無言，心內嘀咕：「這婦人應當只是五印國師的隨從，卻如此犀利難當，不但對於天下大事如數家珍，還能講出滔滔不絕的大道理，大宋果然能人輩出，連女子都不能小覷。」

驀見帳外連袂走入兩個和尚，屬聲道：「何方妖婦，竟敢在此張狂？」

正是段思酒、段思肉兩位大理國的「上師」。

櫻桃妖最不喜歡跟和尚打交道，閃到莫奈何背後。

酒、肉二人屬於阿闍黎教派，沒有色戒，一眼看見櫻桃少婦妖嬈豐滿的體態，先自軟了半邊身子，又見她一臉羞人答答的模樣，更加色心大起，咧開嘴巴笑道：「小浪蹄子別怕，過來，讓我們好好的招呼妳。」

櫻桃妖心想：「這兩個老不修，且叫他們出出洋相。」偷偷一拉裙帶，讓裙子掉了下來，露出一雙修長美腿，並假裝驚呼一聲，慌亂的用雙手遮掩。

酒、肉二人的口水流了滿嘴，爭相搶來。「小浪蹄子，跟我走，我帶妳去極樂世界！」

櫻桃妖右手摟住段思酒，左手抱著段思肉：「唉喲，你們兩個一起來最好。」兩人神魂顛倒。「小娘子的胃口真大！」

他倆的脖子上都掛著由鐵鍊串著的五顆骷髏頭，櫻桃妖的雙手猛地一緊，各抓住一顆

骷髏頭往下一扯，兩人便都不由自主的跪下了。

「嘻嘻，幹嘛急著求我呢？我可是一視同仁，雨露兼收的哩。」

酒、肉二人這才知道「浪蹄子」踢起人來有多痛，拚命掙脫之後，都取出小刀，在自己的臂上一劃，頓即血流如注。

櫻桃妖笑道：「得不到我就想自殺了啊？何必這麼想不開？」

酒、肉二人又取出海碗，將自己的鮮血裝入碗裡，運起「血海神功」。

段思廉心知這是他倆的絕活，這大宋婦人必定難逃毒手，便好整以暇的等著看好戲。

櫻桃妖哼道：「你們捧著個碗哼哼唧唧的，莫非是想向我討飯吃？」

酒、肉二人運功已畢，喝道：「妖婦納命來！」一起把碗中之血潑向櫻桃妖。

櫻桃妖不閃不避，被鮮血濺了滿身。

酒、肉二人指著櫻桃妖，連聲大叫：「倒！倒！倒！」

哪知櫻桃妖既無血液，又無內臟，根本不會中毒，他倆叫了半天「倒」，櫻桃妖還在那兒摸大腿、擺姿勢，半點影響也沒有。

兩人正摸不著頭腦，櫻桃妖乘隙身直進，把二人的血碗都搶了，丟在地下踩得粉碎。

段素廉大吃一驚，心忖：「這女隨從的文韜武略都是上乘之選，五印國師當然就更屬害了。」面上露出敬畏的神情，欠身道：「敝國向來不敢冒犯大宋天威，此次只因些許小

事驚動天朝，心實不安⋯⋯」

莫奈何道：「大宋一向採取睦鄰政策，這回是因為三方都出兵擾境，大宋不能不管。現在儂氏已退，大瞿越自有大宋料理。」壓低嗓門找補著說：「我再悄悄告訴國君一個機密──宋越兩軍會用奇招交戰，大理決非對手，不用夾在裡面瞎攪和。」

段素廉出了一身冷汗，正欲低聲下氣的請和，又見相柳氣沖沖的闖了進來：「皇上，此人來路不明，休聽他胡言亂語！」

段素廉本已疑心他把大軍帶到這處無法用兵的絕地，早就十分不滿，喝斥道：「你莫多言，快快退下！」

相柳歸順大理只是想要藉此對抗共工，哪有半點臣服之心，現在既見段素廉翻臉，他當然翻得更快：「我先殺了你這個昏君！」朝段素廉撲了過去。

段思酒、段思肉的血碗已被砸破，最拿手的「血海神功」無法施展，只能掄起骷髏鐵鍊亂打。

相柳把腰一扭，現出九頭巨蛇的真身，九張血口咻咻作聲，吐出九條翻捲分叉的舌頭。

段素廉簡直嚇翻了。櫻桃妖更逃入葫蘆：「小莫，這個我對付不了，交給你了。」

莫奈何輕鬆的踱了幾步，擋在段素廉身前。

相柳桀桀怪笑：「渾頭小道士，憑你也想攔我？大家都叫你什麼五印國師，在我看來

根本是招搖撞騙的江湖郎中。」

莫奈何笑道：「你的消息太不靈通，我現在可是六印了。」

反手取出金神蓐收的蓋天印，唸動咒語，那金印便飛了起來，直朝相柳頭上蓋下。

相柳不知此為何物，將手一伸，就想把它抓下來。

蓋天印凌空兩個騰跳，狠狠蓋在相柳正中間的那顆頭上，頓即腫起一個大包。

相柳的十八隻眼睛同時冒出金星：「這是什麼邪門的東西？」

眼見那金印在空中盤旋，又要擊下，慌忙轉身逃出大帳，惹得全軍騷動，嚇得大叫：

「好噁心的妖怪！打死牠！」

相柳九頭齊伸，吞掉了九名士兵，繼續往軍陣中衝去，兵士們抵擋不住，驚駭亂竄。

莫奈何追出大帳，又祭起蓋天印，一溜金光，再打在相柳最左邊的頭顱上。

相柳實在禁受不住，騰身躍下絕壁，遁入江中。

大理軍的將士們都感激的跪在地下大叫：「國師恩同再造！」

大帳內，段素廉這才知道相柳是個妖怪，把酒、肉二人叫到面前，一頓臭罵，因為相

柳是他二人引薦的，竟不說明他是個妖怪。

酒、肉二人囁嚅：「他曾立誓說，決無二心⋯⋯」

「這種怪物立的誓有什麼用？」段素廉氣得想殺人，但他倆都是自己的曾叔祖，不好

嚴屬懲罰，只得吩咐道：「快傳令下去，退兵！」

不多時，五萬大軍便亂糟糟的逃得精光。

段素廉登上御輦之前，取出一顆「大理國師」的大印，交給莫奈何：「若非國師，朕今日性命難保。」

莫奈何嘻道：「我的印太多了，您就留著吧。」

段素廉慌亂得幾欲下跪：「國師若是不收，就是看不起大理的黎民百姓。」

莫奈何只得收下，七顆大印在行囊中互撞，叮叮咚咚直響，好不沉重。

櫻桃妖在葫蘆裡笑道：「我懂了，這是他們的陰謀，他們想用大印把你累死。」

即刻開戰！

東西兩壁都已退兵，只剩下北壁的大宋與南壁的大瞿越還在對峙。

莫奈何人不暖席、車不落帆，又飛到大瞿越的陣營之中。

大瞿越的大軍由共工率領各個谿洞首領所組成，皇帝李公蘊並未親征。

各洞首領在大帳內商議著，一人道：「上午才看見那古怪的飛車降落在大理軍前，下午大理就退兵了，不知是何緣故？」

另一人道：「聽說大宋有個五印國師，厲害得不得了，可能讓他們見識到了霹靂手

段。」

話還沒講完，中軍親兵已來報：「大宋國師莫奈何求見。」

大家都嚇了一跳。「怎麼來得這麼快？是來對付咱們的嗎？」

慌忙迎入莫奈何。「國師到此何爲？」

莫奈何道：「大宋與大瞿越素無瓜葛，你們率軍到此何爲？」

首領們都道：「大理與儂氏同時出兵，敝國怎能坐以待斃？」

莫奈何一笑：「現在那兩軍都已退去，所以你們也可以退兵了。」

首領們面面相覷，水神共工已聞訊趕來，厲聲道：「豈知那兩軍不是大宋在後挑撥，

才來進攻我大瞿越？」

「大宋只想維持邊境和平。」莫奈何警告著。「而且，還有一個自稱第五公子的陰謀

家一直躲在幕後，不知他還會使出什麼陰謀？」

「有陰謀的是大宋！」共工更加叫囂：「否則你們把火神的後裔帶來這裡做什？」

「洪工，你在說什麼呀？」各洞首領都不知這名李朝皇帝寵信的大將「洪工」就是共

工，更不知火神、水神之間的恩怨。

共工持續逼迫莫奈何：「你們先把崔吹風交出來，其他的事情都好商量。」

莫奈何笑道：「大家聽聽，他只爲了報他自己的私仇，卻徵調了各洞之兵，這像話

嗎？」

共工大怒，正想施殺手，就在這時，音兒也衝入大帳：「爹，我求求您，放過崔郎吧！」

共工愈怒：「我生下妳這個女兒，就是要妳胳膊往外彎？」

音兒跪倒在父親腳下：「爹，我這輩子只愛崔郎一人，你若一定要殺他，不如先把我殺了！」

「妳以為這樣就能阻止我？」共工怒極狂笑，滿頭赤髮根根倒豎：「我告訴妳，這一次，天下沒有人能阻止我，不是他死便是我亡！」

莫奈何見他神情可怖，生怕他真的會動手打音兒，而自己的蓋天印只能打妖怪，打不了共工這種大神，只得匆忙截斷父女的爭執：「既然如此，你也別怪誰，咱們戰陣上見真章。」

共工的注意力果然被移轉過來：「兩國相爭，不斬來使，你快回去告訴雍必大，即刻開戰！」

莫奈何看了音兒一眼，轉身離去。大瞿越的陣營即時進入開戰狀態。

和平之歌

崔吹風這些日子以來，掌握火琴的技巧已到了隨心所欲的地步，他不想告訴任何人，免得別人又來逼迫他去燒什麼東西。

此刻聽得營外人聲喧譁，便抱著琴走到營外。

莫奈何的飛車剛剛降落北壁，大瞿越的弓弩手已開始朝宋軍亂射，但他們製造弓箭的技術甚為低劣，射出來的羽箭根本飛不過距離三百步以上的峽谷。

雍必大哈哈大笑：「讓他們瞧瞧咱大宋『神臂弓』的厲害。」

宋軍的強弓硬弩齊發，射得對岸叫苦連天。

崔吹風忽然看見音兒站到了南壁懸崖上，匆忙走到北壁的懸崖邊緣，大叫道：「音兒，妳還好嗎？」

江水奔騰，怒濤拍岸，聲若雷鳴，他的語聲立刻就被淹沒下去。

音兒但見他的嘴動，便也高聲叫著：「崔郎，我好想你！」

她的話聲當然也傳不過來。

洶湧的江水掩住了兩人的語聲，但掩不住兩人的心意。

崔吹風想了想，盤腿坐下，開始彈琴。

項宗羽、程宗咬等人都走出營門觀戰。「好耶，他要燒掉敵軍軍陣營了。」

然而，崔吹風並沒有彈奏能夠燒毀一切的「搖滾樂」，而是一闋極其幽渺情深的戀曲。

輕柔的琴音盤旋直上，升至雲端之巔，再如天籟一般的緩緩洩下，居然讓大家能夠聽得一清二楚。

音兒抖擻精神，大聲唱起歌兒來。

琴音捲到她身邊，宛若一張飛毯，托住她的歌聲直上霄漢，越過江水的嘈亂、人群的叫囂，傳入每一個人的耳中。

雙方士兵聽著崔吹風悠揚的樂聲以及音兒美妙的歌聲，都鬆開了射箭的手。

年輕的士兵想起了娘，年長的士兵想起了妻兒；本職是獵人的士兵想起了家裡的狗，農人想起了田裡的牛，樵夫嗅著了山林的氣味，漁夫看見了水面的波光。

「唉，我們為什麼要跑來這裡打仗？」

雙方將士都放下了手中武器，聆聽著世上最美妙的聲音。

共工大吼：「快射死那個彈琴的小子！」

各個谿洞的首領都不想聽他號令，只想與兵士們一起聽歌，並隨著節奏輕輕搖擺。

莫奈何慨嘆：「崔吹風說得沒錯，音樂怎麼會敗壞人心？世人如果都愛音樂，就不會有戰爭了。」

四方混戰

共工氣得運起十成十的「水漫天神功」，雙臂一舉，四條大江的江水翻湧如海嘯，掀起的大浪甚至噴到了絕崖之上。

雍必大慌忙命令宋軍陣營後撤。豈知大瞿越所在的南壁卻更慘，江水猛烈沖刷，恍若刀削甘蔗，使得整片石壁一層層、一片片的往下崩坍，原本站在崖邊的弓兵有不少墜入江中，做了水底亡魂。

各洞首領都大驚：「洪工是個妖怪也就罷了，怎麼又倒戈了？」

這時歌樂聲已止，音兒跑到崖邊往下一看，發現原來是相柳的巨蛇身軀在水裡作怪，他的主要目標是共工，所以想把南壁山崖統統攬塌。

音兒怒喝：「相柳，你簡直是活膩了！」騰身躍入水中，召喚各江魚群，齊撲相柳。

共工生怕女兒吃虧，暫且止住翻江之勢，也跳入江裡，攻了過去。

相柳上午才被莫奈何的蓋天印打了兩下，九顆頭裡的兩顆頭還在發疼，怎當得父女兩人合擊，只得且戰且走。

就在這時，西壁上又出現兩條人影，正是剛從喜瑪拉雅山上下來的淫婆和俞餕至。

「他們三方打得熱鬧，可不知現在仍是四方交戰。」俞餕至幸災樂禍。

淫婆陰笑道：「大水漫岸，正是移地縮域的最好時機。」默唸咒語，施展出「阿修羅

大法」。

崔吹風站在崖邊，驀見東南西北四處絕壁都移動起來，緩緩的往中央靠攏，峽谷愈變愈窄，江水則愈漲愈高。

莫奈何、項宗羽等人都跑到他身旁，見狀駭異萬分。

「淫婆果然來了！」莫奈何面色凝重。「祝融怎麼還不現身呢？」

項宗羽急問：「接下來會怎麼樣？」

「這整片地區會縮得不見，再從另一邊長出來的時候，已不知是天涯何處。」

程宗咬瞠目：「那我們人呢？」

「當然早就被擠扁在地底下了！」

眾人就像坐在一艘大船上，一逕朝南壁駛近，莫奈何等人甚至可以看得見對岸大瞿越士兵臉上驚恐的神情，其實南壁也一直往這邊靠近，東西兩壁也同時向這兩艘大船壓迫過來，四面絕壁就將撞在一起！

祝融出龍

猛然之間，兩條巨龍穿透雲層，直竄而下。

祝融騎在右邊的龍頭上，武羅、長乘則跨坐於左邊的龍身。

莫奈何喜得大叫：「崔吹風，你的祖宗來了！」

崔吹風仰面觀看祝融，人面的形狀倒與自己有幾分神似，但長著一個奇怪的身軀，竟不知是何種動物？心中直犯嘀咕：「如果我將來的身體也變成這樣，怎麼彈琴呢？」

祝融掏出天帝賜與的錦囊，從裡面掏出了一小團呼呼的黏土。

莫奈何覷得真切，暗道：「那就是息壤？可真不起眼。」

西壁的淫婆臉色大變：「崑崙山又來攪局！」

祝融狂唸咒語，「阿修羅大法」使得江底泥土不停的縮減，但息壤不停的滋長，不管

後開始不停的生出觸角，擴張分裂、繁殖衍生，將四面朝中央聚攏的石壁撐住了。

祝融一甩手，把那黏土拋入江中，小小的一塊土竟不會浮於水面，一直沉落江底，然

對方縮多少，它就長多少。

淫婆的體力畢竟有限，息壤的繁殖能力則無限，在淫婆喘息的間歇，息壤就乘機向外

拓展，如此一來一往，逐漸將四面石壁推回原位。

莫奈何等人但覺自己身處的絕壁緩緩後退，都歡呼出聲。

正在江裡與相柳搏鬥的共工看見祝融來了，新仇舊恨齊湧心頭，又見相柳已被自己與

魚群打得遍體鱗傷，諒必無法翻身，便朝女兒大叫：「女兒，這裡交給妳了。」

撇了相柳，湧身躍出江面，衝向騎在龍頭上的祝融。

祝融重嘆一聲：「何必呢？我們到底有何過節、有何怨仇？」

共工大吼：「火居然可以贏水，就是奇恥大辱！」雙臂猛展，帶起整片江水澆向祝融。

崔生煮江

騎在另一條龍上的武羅、長乘看見淫婆站在西壁上猛唸咒語。

「那傢伙學不會教訓，又來找死！」

兩人躍下龍背，跳到淫婆面前，二話不說，舉拳就打。

淫婆的隨身武器很多，本有一柄稱作「阿賈伽瓦」的三叉戟，與一根「卡特萬伽」棍棒，但六月裡與崑崙眾神在泰山山巔一戰，三叉戟被刑天砍得只剩下一叉，卡特萬伽棍棒也被刑天劈成了三截，所以現在只剩下了一柄劍與一張「比那卡」弓。

淫婆猶自識得武羅這渾身豹紋的小伙子，知他最會搞怪，起手一劍就揮了過來。

武羅取下耳朵上的兩隻金耳環，迎風一晃，變成了兩隻直徑五尺的金輪，左輪架住來劍，右輪就往淫婆頭上敲。

長乘屁股一搖，狗尾巴掃向淫婆雙腿。他這尾巴可厲害了，摧鋼碎鐵，無所不能。

淫婆被他倆一陣混打，苦不堪言，「阿修羅大法」自然也就無法繼續施展。

江底的息壤因此長得更快，填補了剛才被縮掉的地域，但它同時也阻住了河道，使得

江水愈漲愈高，幾乎都快淹上四面山壁。

水若漫頂，不但此處的大宋全軍無路可退，而且會往整個東南地區漫延過去，千千萬萬的黎民百姓勢必受災滅頂。

程宗咬哀嘆：「怎麼死都好，就是最怕被淹死！」

崔吹風見勢危殆，忙又坐下彈琴，這回他變換曲調，《樂經》所載的樂曲應指而出，大火也跟隨著琴聲旋繞燃燒。

此時他已能控制裕如，想燒哪裡就燒哪裡，其他的地方都沒受到影響，只有淹上崖頂的水被火困住，正如用鍋煮水，都煮成了水蒸氣。

水中夾火

武羅、長乘久戰溼婆不下，祝融撇下共工的糾纏，驅龍攻來。共工仍在後緊追不捨。

武羅怒道：「你別打�證仗行不行？」

其實最愛打濫仗的就是他，左手金輪朝共工頭上敲過去，弄得五個神打成一團。

江中的相柳剛才已被共工殺傷多處，正想逃離，音兒從後面一把抓住他的背脊：「美食當前，大家快來吃個過癮。」

有牙齒的鱘魚、鱸魚、鱔魚、鯧魚一湧而上，相柳的九顆頭在一眨眼之間就只剩下了

顱骨。

音兒爬上南壁下的淺灘，坐倒喘息。

溼婆被祝融等人打得節節敗退，西壁絕崖上的俞豯至大叫：「那個丫頭是關鍵人物，快抓住她！」

溼婆聞言，倏地一轉身，已來到音兒面前，舉掌扣住她頂門。

祝融等人投鼠忌器，都不敢冒然出手。

共工大笑：「你當我女兒是玩偶嗎？」

雙手往前一指，江水澎湃而起，凝成了一支強力的水箭。

共工的算盤是：水箭激射，連鋼板都能射穿，音兒是水做的，當然無所謂，挾持她的人可就慘了。

但沒料到溼婆竟也不怕！

溼婆的頭上長著一彎新月，頭髮盤成犄角形狀，水箭射來，他把頭一低，大水就只能順著他的頭髮流走，傷不了他分毫。

溼婆狂笑：「你就只有這麼點本領？倒讓老爺洗了個痛快的澡。」

俞豯至又叫：「把她抓去喜瑪拉雅山，水最怕冰凍！」

共工楞住。

北壁上的崔吹風心中雖急，手下可沒亂套，他雙指一捏商弦，彈出一個小小的火尖，

蹦進水裡，居然不會熄滅，且還順著水箭，落到了淫婆頭上。

淫婆的頭髮把水引向兩邊，這顆火尖卻沒順水流走，筆直落於他的頭頂。

淫婆再怎麼也想不到，水中怎麼還會有火？被那火尖在頂門上燒出了一個洞，不但火

鑽進去了，水也跟著進去了，

水與火都在淫婆的頭顱裡亂竄，他痛得抱頭嘶吼，瘋子似的消失在崇山峻嶺之中。

崔吹風又指彈武弦，一股火箭射向俞籤至。

俞籤至顧不了第五公子的身分，就地一個懶驢打滾，夾尾而逃。

宿怨不消

武羅眼見淹上崖頂的水都已被煮開，喝道：「共工，你還不認輸嗎？連祝融的子孫都

可以打贏你！」

共工像個洩了氣的皮球，呆站在江水中央。

祝融道：「水神，咱們和平相處，不行嗎？」

「和平個屁！」共工羞憤難當，仰天大吼：「沒關係，我再自我流放十萬年，等我再

出來的時候，哼哼，必給你好看！」

言畢，飛鳥般遁入深山，絕情而去。

音兒聲淚俱下：「爹！你不要走！」

但共工已不見蹤影。

息壤填滿了被縮去的地域，四江江水失卻阻隔，順著河谷退去，淹上崖頂的水也不用崔吹

祝融收回多餘的息壤，四江江口完全恢復原狀。

風費神去煮了。

沒等崔吹風下拜行禮，騎著兩條巨龍飛上雲端，沒入天際。

祝融深深望了崔吹風一眼。「好子孫，有你在人間，我就放心了。」

南北兩壁上的士兵歡聲雷動。

多事一年的除夕夜

莫奈何飛車載著崔吹風、音兒等人來至大瞿越的首都「華閭」，正是除夕夜。

邊境既無事，歡樂正當時。

李公蘊大開筵席，招待貴賓，硬把莫奈何按在自己身邊灌酒。

莫奈何想起這多事的一年，感慨萬分：「今年年初的時候，我還在括蒼山上打雜，不

料亂七八糟的怪事一直落到我頭上來，最後還把我弄成了什麼七印國師，這也算是造化弄

人嗎?」

「不對,是八印。」李公蘊醉醺醺的取出「大越國師」的大印遞過來。「人家是王八蛋,你可是莫八印。」

音兒來敬酒,並誠實告知父親共工的來歷與目的。

李公蘊愛憐的抓著她的手:「乾女兒,不管怎麼說,妳都是我的好朋友,我也答應他一定會照顧妳,並且幫妳找一個好丈夫。」邊說邊望向崔吹風,笑道:「看來,這事兒不用我操心了。」

莫奈何抽空把崔吹風拉到一旁:「你已經是駙馬爺,不用再回去了,但是,《樂經》怎麼辦?你想把它傳回中原嗎?」

崔吹風想起自己不過奏了首「老鷹之歌」就差點被砍頭,苦笑著說:「中原恐怕還無人能夠接受這種音樂,還是留待他日吧。」又道:「過些日子,我一定會回去,酬謝一些老朋友,並接我娘來享福。」

「你娘有我照顧,放心吧。」

所有賓客之中,只有帝江一人悶悶不樂。這些天他一直纏在音兒身邊,希望佳人能多看他一眼,不料到頭來還是一場空。

武羅勸道:「咱們這種命,只能回崑崙山過那種悶日子,把這杯酒乾了,跟我們回

去。」

這時傳來眾賓客的叫嚷：「新郎、新娘進洞房！」

帝江認命的大哭出聲。

水火同床

史上大概沒有這麼嘈雜的洞房。

崔吹風抱住音兒，想脫她的衣服。

音兒邊躲邊說：「欸，你急什麼呢？你沒看話本裡寫的都是新郎、新娘要先坐在花前月下，氣氛好、情調佳，然後兩人吟詩作對，互相品鑑，『相公，這首詩寫得好啊！』『娘子，這闋詞填得妙啊！』戲臺上也是這樣，新郎要先說：『娘子啊，小生這廂得罪了。』『娘然後輕輕掀起新娘的蓋頭，新娘還要輕輕的打一下他的手，說：『死相，莫亂來。』」

崔吹風猛搔頭，繼而面露賊笑：「我終於想到一個不讓妳嘮叨的好方法。」

「什麼方法？方者方也，法者……」

崔吹風用嘴巴堵住了音兒的嘴。

音兒還想發表意見，只是再也說不出來了。

——全文完——

宋朝街坊市井上的空拍機

郭箏

創作者難為。

大部分的創作者都像一株蔓藤植物，慢慢的沿著石壁往上爬，好不容易碰到了一個著力點，就緊緊攀住不放，生出根來纏住它，也不管這著力點是好是壞。把這個纏完了之後，再繼續往上尋找另外一個完全不相干的著力點，所有的努力重新再來一遍。

創作者當然永遠都要保持實驗性與獨特性，不能成為工廠的生產線。但蔓藤式的生產方式，確實能把年輕飛揚的生命熬耗成一堆灰渣，爬得再高也不會變成一棵大樹。

於是聰明的創作者發展出縱向與橫向的思考，縱向的就成為大河系列式──《哈利波特》、大仲馬的《三劍客》等等；橫向的就成為單元連續式──「福爾摩斯」、「衛斯理」、「楚留香」等等。

這兩者相同的地方在於，主要、次要人物都是一樣的，最不相同的地方在於，大河式的人物關係會轉變，哈利最終沒有和妙麗配成對；單元連續式的人物關係則不能改

變，福爾摩斯和華生總不能突然變成了仇人或同志，就算某一個單元發生了這種情形，也要在這個單元的結尾讓人物關係回復原狀，否則讀者若漏掉了一個單元沒看，後面就莫名其妙了。

除了這兩種常見的系列之外，另有一個奇才創造出第三種系列，而他竟被臺灣的出版界長期忽略了——巴爾札克。

此人是十九世紀法國的小說大師，他創造出一種「人物再現」的技法，就像一部空拍機在當時的巴黎上空盤旋掃描，某一部的主角是Ａ，早上出了門，跟雜貨店老闆Ｂ聊了一會兒天，再往下走，跟擦鞋匠Ｃ起了衝突，打了一架……直到本篇故事結束；空拍機繞了一圈回來，對準雜貨店，另一部的主角則變成了Ｂ，他站在店前跟擦鞋匠Ｃ閒聊了幾句，然後走向市中心，他的故事又如何如何；空拍機再次迴旋，照著擦鞋匠Ｃ，他又如何如何。

我的理解不曉得對不對，因為當我大量耽讀翻譯小說的民國六十年代，在臺灣只找得到兩本巴爾札克的小說——《高老頭》與《邦斯舅舅》，而他的《人間喜劇》系列則有九十一部之多！

這種空拍機式的技法一直迷惑著我，彷彿有著一種造物主的權威與快感。

幾年前，偶然得到了一個可以發展這種系列技法的機會，植基於一部奇怪的古書《山

海經》。

這本書乍看之下有點無聊，多半都是哪裡有座山，哪裡有條河，山上、河裡出產些什麼東西。然而細看之下，才會發現其中蘊藏著不少寶藏，許多寫得很簡單的故事都極具戲劇張力。幾千年來竟無人好好的延伸一下，空置這座寶山於虛無荒漠。

但如果只寫神仙與妖魔戰鬥的故事，肯定乏味，又像極了電腦遊戲，所以當然得加入人的質素，讓它變成人、神、妖共同組成的故事。

我所面臨最大的問題是，如何把這些碎片連綴起來？大河式與單元連續式都不管用，用十九世紀法國小說大師的技法來演義中國最古老的神話，僅只這念頭就讓我興奮不巴爾札克的《人間喜劇》於焉從記憶底層浮現。已。

我當起了空拍機，把時空座標設定在西元一○○九年的宋朝，《山海經》裡的崑崙山眾神重出世界，與凡人交織演出一幕幕的悲喜劇。

之所以把背景放在宋朝，是因為我覺得宋朝是最具現代感也最引起我興趣的朝代。

唐朝的城市仍處於中古時期，首都長安雖然雄偉，但市民階級尚未形成，居民都是皇族、政府官員、禁衛軍與他們的家眷。一座大城包著一百零八個小城（就是所謂的坊），走在一百五十公尺寬的「朱雀門大街」上，只能看見一堵堵的坊牆，根本瞧不

見坊內的市況與住家，如果拍起電影，還眞不知要怎麼拍；入了夜，便禁止任何活動，商店關門、居民禁足，換句話說，夜戲只能在家裡上演，外頭啥也沒有。

宋朝的城市則一派現代作風，自有〈清明上河圖〉爲證，商店開在了大街邊，夜市林立，商業繁榮，科技高度發展，市民階級開始崛起，訟師滿街跑，市民得閒便去「勾欄」看戲聽歌，或「捶丸」爲樂，也就是打高爾夫球，或「蹴鞠」競賽，也就是踢足球，連女子都可以組隊參加，表演各種花招。他們還喜歡談論「十二星宮」，閒極無聊的蘇東坡替兩百多年前的韓愈算命，算出他與自己同是魔羯宮，所以同樣顛簸終生。

宋朝皇帝的寬容親和更是超邁古今中外。隨便舉個例子，《宋史·儀衛志》記載，皇帝出巡，百姓不須跪拜迎接或迴避，閒雜人等甚至會跟著皇帝的鑾駕亂走，大呼小叫、大驚小怪，來到繁華的市街上，也不禁止士庶站在樓上憑欄俯瞰，難道不怕他們扔磚頭或破鞋子下來？

宋仁宗時，有一個大臣宋庠覺得實在太沒規矩了，便參酌漢唐古禮，制定了一大套嚴格的規範，豈料宋仁宗一看，認爲過於嚴苛擾民，完全不予採用。如今號稱民主社會的各國領導者的車隊，能不汗顏？

至於一〇〇九年，中原並無大事，但周邊的國家卻都發生了重大的變化——北方的「大遼」，掌政二十多年且頗爲傑出的蕭太后薨逝；東北的「高麗」發生政變，國君王誦

險被奸臣金致陽篡位，他急召大將康肇平亂，之後仍被康肇所弒；南方的「大瞿越」（現在的越南北部）也發生政變，泉州人李公蘊推翻了「黎朝」，建立「李朝」；西南的「大理」則是先皇駕崩，新皇繼位。

以往的歷史、神怪或武俠小說，背景泰半以中原為主，我有意拓寬視野，把我的空拍機架在由小道士莫奈何駕駛的「奇肱國」飛車上，飛在天上看世界，因為《山海經》裡提到許多民族的起源，若能描繪出遼闊的空間感才符合《山海經》的風格。

只希望古老的經典能夠煥發出新的光彩，被人遺忘的神明能夠找到回家的路。

火之音

二七一

國家圖書館出版品預行編目 (CIP) 資料

大話山海經：火之音 / 郭箏著. -- 初版. -- 臺
　北市：遠流，2019.03
　　面；　公分. -- (綠蠹魚；YLM27)
　ISBN 978-957-32-8459-8(平裝)

857.7　　　　　　　　　　108000549

綠蠹魚叢書 YLM 27

大話山海經：火之音

作　　者／郭　箏

總 編 輯／黃靜宜
執行主編／蔡昀臻
封面繪圖、設計／阿尼默
美術編輯／丘銳致
行銷企劃／叢昌瑜、李婉婷

發 行 人／王榮文
出版發行／遠流出版事業股份有限公司
地　　址：台北市 100 南昌路二段 81 號 6 樓
電　　話：（02）2392-6899
傳　　真：（02）2392-6658
郵政劃撥：0189456-1
著作權顧問／蕭雄淋律師
2019 年 3 月 1 日　初版一刷
定價 260 元

遠流博識網 http://www.ylib.com　E-mail: ylib@ylib.com